世界文學
經典名作

羅生門

RA SHŌ MON

地獄變・竹林中・河童・玄鶴山房……

芥川龍之介　著

芥川龍之介（1892-1927）

文學的慧星——芥川龍之介的生涯

你也許看過電影《羅生門》，也許沒有，但你一定知道，《羅生門》在影史上的經典地位。你一定聽過「芥川文學獎」吧！事實上，許多優秀的新銳作家都是經由「芥川獎」而被發掘出來的。也許，你還知道日本文壇有所謂的「河童祭」，它在每年七月二十四日舉行，就是緣自藉以追思英年早逝的天才作家——芥川龍之介。

西元一九二七年七月二十四日的清晨，天還沒亮，飽受病痛折磨的芥川龍之介，獨自在書房中。他仔細地將身邊的瑣事料理妥當，文稿也都整理分明，緩緩地提起筆來，一一寫下給妻子、姨媽、好友小穴隆一、菊池寬、葛卷義敏的遺書，眼見諸事都交代清楚，他環顧四周，作無言的告別。然後，從容不迫地服下預藏的巨量安眠藥，結束短暫的三十六年生命。此時，大地尚籠罩在黎明之前的黑暗中，世人仍在熟睡著……

讀者一定會問，「芥川爲什麼要自殺呢？」

要解開這個謎，就必須從頭說起——

一八九二年三月一日的上午八點，東京橋區的新原宅，傳出一陣嬰兒的哭聲，芥川就這樣來到「充滿痛苦的塵寰」。因爲降生於辰年辰月辰日辰時，故而被命名爲「龍之介」。芥川的生母體弱多病，所以，未曾給他母奶喝，而由大姨媽以牛奶養大。芥川對於「不曾躺在母親溫柔的臂彎中享受母奶和親情」一直深深遺憾。

在芥川約八個月大時，生母開始精神錯亂，「她的臉龐和身體是瘦細的，尤其是她的臉孔不知爲什麼老是呈現著毫無生氣的灰色。」因此，芥川自幼即被送往舅舅芥川道章家，正式入籍爲養子，改新原爲芥川。

芥川氏是日本延續四百多年的古老士族，還遺存江戶文風，家庭中文學、戲劇的藝術氣氛很濃厚。芥川自幼多愁善感，資質聰穎，從六歲起，就耽於讀書，無論是繪圖小說、歷史故事、江戶文學，無不涉獵。對書本，他懷有狂熱的興趣，他以爲「要瞭解街頭的行人——瞭解他們的愛憎和虛榮心，除了讀書，別無他法。」這種博覽群籍的習慣，對他後來的寫作生涯裨益甚大，在日本作家群中，芥川是大家公認的博學之士。

中學時代的他，成績非常優秀，尤其是漢文更是出類拔萃，對漢詩也深具涵養。然而，他對學校卻沒什麼好感，他認爲在學校，「只學到不切實際的西洋歷史年代，不實驗的化學方程式、歐美某城市居民的數目——學習一切無用的小知識。」他稱教師爲，「有處罰學生權利的暴君。」雖然每次考試都得高分，但是，「操行分數從不曾得到六分，他從這個阿拉伯數字想到教員辦公室中的冷笑。」事實上，「老師拿操行分數來嘲笑他，也的確是事實，他的成績因著這個六分，從不曾跨過第三名。」

即使如此，他仍以優異成績保送第一高等學校文科，同班的有菊池寬、久米正雄、土屋文明等人，這些都是日後日本文壇的翹楚。

一九一三年，進入東京帝大英文系，開始積極接觸歐洲文學與思潮。一九一四年，他與久米正雄、菊池寬、松岡讓、豐島與志雄等人，發行第三次『新思潮』，以「柳川隆之助」的筆名，翻譯法國作家法朗士的作品。同年五月，發表處女小說《老年》，一九一五年十一月，以本名發表《羅生門》於『帝國文學』，並未受到重視。十二月，經帝大同學林原耕三的介紹，出席漱石山房的「木曜會」，成爲夏目漱石的入室弟子。我們不難從他的文章中發現他對老師的崇慕。翌年十二月，夏目漱石因胃潰瘍病逝，芥川悲慟不已，寫成《葬儀記》一文。

一九一六年是他的豐收期，在第四次『新思潮』創刊號發表《鼻》，深受文壇矚目。五月，自帝大畢業，全力投入寫作的狂熱中。六月，在『希望』雜誌發表《虱》，在『新小說』發表《猿》、《芋粥》，在當時第一流的雜誌『中央公論』發表《手巾》，確立了新進作家的地位。

一九一八年是他一生最幸福的時期，二月與塚本文子結婚，三月，加入大阪「每日新聞社」。然而，神經衰弱的病症已在叩門了。

一九二一年，他以大阪每日新聞社海外觀察員的身分走訪中國，足跡遍歷上海、武漢、北平各地，訪問辜鴻銘、胡適、張人傑、鄭孝胥、章炳麟等名流，對當時的中國情勢有深刻的觀察：「螢火蟲的幼蟲吃蝸牛時，並不全然把蝸牛殺死。爲了恒常吃到新鮮肉，它只使蝸牛麻痺罷了。日本帝國和列強對中國的態度，終究與螢火蟲對蝸牛的態度無甚差異。」

一九二二年開始，他的神經衰弱日甚一日，深深爲失眠所苦，同時罹患胃痙攣、心悸亢奮等病症，健康衰敗——「對於二十九歲的他，人生已經有點不明亮了。」

一九二三年，舉世震驚的關東大地震，死傷數十萬人。他偕同川端康成前往廢墟觀察災情——「他看著那死屍，感到近乎愛慕之情」，遍野哀鴻，別人看到的是悽慘殘酷，而他卻是對死亡的嚮往。一九二五年，《大導寺信輔的半生》前半篇發表於『中央公論』，一般公認，這是芥川前半生的自傳，詳細剖析了芥川的內心風景。

「好像吃藥活著似的」的芥川，在一九二七年，依然不懈於創作。《玄鶴山房》發表於『中央公論』，《海市蜃樓》發表於『婦人公論』，《河童》發表於『改造』。終於——「冬眠，除此之外，別無所思」的他，留下《闇中問答》、《某阿呆的一生》、《齒輪》、《續西方的人》等豐富的遺稿，去追尋他——「永遠的和平」了！

綜觀芥川的一生，眞正從事文學創作不過短短十年而已。然而，表現在他作品中廣泛的題材，多變的技巧，唯美的風格，求眞的精神，使他毫無愧色地成爲永恒的藝術家，受到了後人的崇敬。

目錄

地獄變❶

1

住在堀川的那位主公，非但空前，恐怕也是絕後的人物吧！聽說在他誕生之前，其母親曾夢見大威德明王❷站在枕邊，出生之後，果然稟賦異常，不同於常人，所作所爲，無一件事不出人意表，以堀川宅邸的規模爲例，或說是壯觀，或說是豪闊，都不足以形容其氣象之萬千。其中有人議論紛紛，竟拿主公的行止與秦始皇、隋煬帝❸比較，這大概就如諺語中的瞎子摸象，是爲無稽之談。主公的胸懷，絕非只爲自己圖謀享受，反倒是能體恤下情，頗有與天下同樂的氣度胸襟。

---

❶ **地獄變**：地獄變相之略，描繪出死者在地獄所承受之痛苦的圖畫。

❷ **大威德明王**：五大明王之一，守護西方，降伏危害衆生的所有毒蛇惡龍。六面六臂六足，顯示忿怒大威德金剛之相。

❸ **隋煬帝**：中國隋朝第二代皇帝，逼兄退位，弒父即位，豪奢極侈，曾建造連接長江與黃河的大運河，遠征高麗，最後部下叛亂，隋滅。

就因爲如此，他即使碰到二條大宮的白鬼夜行，也不會有任何阻礙，而且在以陸奧的鹽竈風景聞名的東三條河原院❹，傳說夜夜出現融左大臣❺的亡靈，只要聽到主公的喝罵，便會銷聲匿跡。由於如此的威望，當時京都中的男女老幼，一提起主公，便都尊奉他爲菩薩的化身，這些情形，絕非師出無名。還有一次，主公自內庭赴梅花宴歸來，途中，拖車的牛軛脫出，撞傷路過的老人，這老人卻雙手合十，感謝主公的牛撞了他，他眞是三生有幸。

因爲這個緣故，主公一生足爲後人稱道者，實在不勝枚舉。饗宴時，賜給賓客的禮物，光是白馬就有三十匹；亦曾爲了修築長良橋，而犧牲寵愛的侍童，除此之外，亦曾延請懂得華佗醫術❻的中國僧，以治療腿瘡——一一詳數，是無際無限，然而，衆多軼事中，最令人驚駭的，恐怕就是那幅身爲傳家之寶——「地獄變」屏風的由來吧！甚且平日天不怕地不怕的主公，在事情發生的當兒，亦驚心動魄，更何況是在旁侍候的我們，個個嚇得魂消魄散。尤其是我，侍候主公二十年來，這還是頭一遭親睹如此悽慘的景象。

話題至此，我必須先談談畫匠良秀到底是何等人物，再來描述畫出這幅「地獄變」屏風的事蹟……

2

提到良秀，或許至今仍有人記得他，他是一個夙負盛名的畫匠，當時的畫界，恐怕無出其右者。發生屏風事蹟時，他已年過半百，也眞虧他還畫得動。就外表而言，只是個身體矮小，瘦骨嶙峋，脾氣暴躁的老頭兒。參謁主公的宅邸時，經常身穿丁香染製的長褂，頭戴揉烏帽，人品卻至爲卑劣，不知何故，嘴唇總是鮮紅欲滴，活不像個老頭兒，加上好像帶有野獸般的氣息，令人看了不覺毛骨悚然。有人揣測可能是舐畫筆沾上紅色染料的關係，但究竟如何，實在無從了解。更可惡的是，不知那個刻薄鬼，說良秀的舉止神情宛若猿猴，竟替他取了個諢名，叫做猿秀。

提起猿秀，再有一樁故事。良秀有一個獨生女兒，年紀十五，當時在主公的宅邸當侍女，卻一點也不像父親，是個惹人愛憐的女孩。或許是因爲從小就離開母親，凡事深思遠慮、伶俐乖巧，辦起事來，倒十足像個小大人。因此，上自夫人，下至其他侍女，沒有人不憐愛她的。

在某個時節，丹波國遣人獻來一隻馴猴，調皮的年輕少主，竟將牠取名爲「良秀」，只爲馴猴模樣奇怪，而取了這個名字，所以惹得府中上下無不發笑。光是笑笑，倒也無妨，有趣的是，每當牠爬上庭院的松樹上，或弄髒曹司的簾子時，大家總是打趣似地叫著良秀、良秀，總而言之，每個人都愛去捉弄牠。

然而，有一天，畫匠良秀的女兒，拿著繫有信箋的寒紅梅枝，正通過長廊底下時，那隻

---

❹ **河原院**：源融的宅邸，位於京都六條坊門之南，因模仿鹽風之景緻而聞名的庭園，後成為寺院。

❺ **融左大臣**：源融（八二二～八九五）嵯峨天皇的皇子，其幽靈出現於河原院的故事，其出處為《今昔物語》卷二十七第二。叱責其幽靈的為宇多院。

❻ **華佗醫術**：華佗，中國東漢時代的名醫，以麻醉劑治療傷患，猶如神仙一般。

猿猴良秀，從遠遠的拉門處跑出來，腳大概是受傷了，毫無往日攀爬樑柱的雄風，一跛一跛地逃了過來，後面跟著手揮樹枝的少主，一面趕，一面嚷著：「偷橘子的賊，往那裡跑，往那裡跑。」良秀的女兒見此情狀，正當心中慌亂之際，逃來的猿猴，頓然抓住她的裙襬，發出悲切的哀號——突然爆發的憐憫之心，再也無法抑制，便一隻手照樣拿著梅枝，一隻手輕輕拂開紫勻袖，溫柔地抱起猿猴，走到少主的面前，輕輕恭腰，清朗地說道：「婢女惶恐，然而牠卻是隻無知的畜牲，請少主饒了牠吧！」

少主氣沖沖地跑來，臉色極爲難看，氣得直頓腳說：

「爲什麼袒護牠，牠是偷橘子的賊啊！」

「因爲牠是隻無知的畜牲……」

小女孩重複說了一次，之後又靜靜地微笑道。

「若提起『良秀』，就像看到父親受罰一樣，我心中過意不去。」小女孩說話的語氣，毫不假思索，雖貴爲少主的他，也讓步了。

「好吧！既是爲父親請命，那就饒了牠吧！」

心不甘情不願的少主，說完話後，將樹枝往地上一扔，逕自回到原來的拉門處去了。

3

良秀的女兒與這隻小猿猴從此成爲好朋友。她將小姐賞賜的金鈴，繫上美麗的紅絲帶，掛在猿猴的頸上，猿猴也無論如何，絕少離開女孩的身邊。有次，姑娘受到風寒，臥病在床，小猿猴亦靜靜坐在枕邊，咬著指甲的表情，現出滿心的憂慮。

如此一來，也是奇妙，不再有人像從前那樣捉弄小猿猴了，相反地，反而開始憐愛牠，最後，竟連少主，也不時遞柿子或栗子給牠吃，非但如此，就是有個侍者一不小心踢到牠，他也會勃然大怒。其後，或許是因爲主公聽說少主發怒的事，便特地叫良秀的女兒抱牠來瞧瞧，或許主公也已耳聞女孩疼愛猿猴的原由了吧！

「孝順的孩子，獎賞她吧！」

主公命令一下，姑娘當時立即蒙受一件紅袙衣❼。然而見此情狀的猿猴，唯妙唯肖地模仿女孩，必恭必敬地領受了袙衣，看得主公越發地高興起來。原來主公之所以獎賞良秀的女兒，是完全積於她疼愛小猿猴的孝行與恩愛之情，絕不像世人所揣測那般，是看上了她的姿色。所謂無風不起浪，此段流言的緣由，就留待後面慢慢談吧！至於我的主公，他是何等人物，畫匠的女兒容姿雖美，卻也不致於愛戀她，就這幾句話足以表明，我亦無需贅言。

卻說，良秀的女兒，體體面面地從主公的面前退下，她原是個伶俐的女孩，因此並未引起其他侍女的嫉妒，她和猿猴倒是從此更處處受人喜愛，尤其從未離開小姐的身旁，就連駕車外出遊玩也是形影不離。

如今暫且不提女孩的事，讓我再來談談良秀吧！那隻小猿猴在短短的期間內，已博得大家的喜愛，然而故事的中心人物良秀，卻依然惹人厭，背地裡人們仍叫他猿秀，非但府中如

---

❼ **袙衣**：婦人或童女的貼身肌衣，後來亦可當外衣。

此，住在橫川的僧官，亦是如此稱呼，一提起良秀，就像著了魔障一樣，他恨得咬牙切齒。（據說良秀曾以諷刺的手法，畫出僧官的醜陋行態，但這只是傳說，毫無憑據。）總之，良秀是人人厭之，問誰，誰都會給他不名譽的批評。唯一不批評他的，大概就是那兩、三個繪畫的伙伴，或是只知其畫，不知其人的人吧！

實際上，良秀不但外表卑劣，更有惹人嫌的惡癖，所以只得任他自作自受，毫無他法。

4

所謂良秀的壞脾氣，就是吝嗇、刻薄、無知、懶惰、貪婪——其中尤爲甚者，是高傲自大、趾高氣昂，經常將本朝第一畫匠的小匾額掛在鼻尖下。姑且不管繪畫技術如何，但是他不服輸時，舉凡人間的習慣與習俗等，都非糟蹋不肯善罷干休。據良秀多年的弟子說，有一天，在某位官員的官邸，神靈附身在名女巫檜垣的身上，託言可怕的天機，他卻當它是耳邊風，毫不理睬，只是信手拿起筆墨，仔細地畫出女巫的慘相。或許在他看來，神靈的作怪，只不過是欺騙小孩的把戲罷了。

就因爲他是這樣的一個人，所以畫吉祥天女時，他會畫出卑劣的傀儡表情；描繪不動明王時，卻模仿無賴的牢獄卒子的姿態，畫出各種會遭天譴的肖像。若爲此而去問良秀本人，他會回答：「良秀畫的神佛，會冥罰到良秀身上，豈不成了奇聞異事。」這種回答豈非裝聾作啞嗎？難怪弟子們也嚇呆了，看來其中不乏因對未來感到恐懼，而匆匆告別的弟子。——一言以蔽之，那就叫做傲氣沖天。總之吶，他就是一個自命不凡，目中無人的傢伙。

因此，良秀在繪畫技術上，是如何的趾高氣揚，已不消說。原來他的畫，無論是用筆、著色，都與其他的畫匠迥然不同，所以與他交惡的畫師，都批評他是投機者。照他們說，川成❽或金岡❾，或其他往昔名匠的筆觸所畫出來的畫，門板上的梅花，每逢月夜會輕吐芬芳，亦可聽到屏風上公卿所吹奏的笛聲等優美的傳說，然而良秀的畫，卻總是只有惹嫌惡這樣的評語。例如，他畫在龍蓋寺門面上的五趣生死圖❿，深夜通過門下，都會聽到天人歎息或啜泣的聲音，甚且有人說聞到了腐屍的臭氣。另外，就是主公叫他畫的侍女肖像，凡是畫中的人，那個人不是不到三年就患失心症而死亡？罵他的人說，那是良秀的畫附有歪魔邪道的最佳證據。

但是，就如以前所言，他是個剛愎自用的人，這些風評反而使他更加揚揚自得，有次主公開玩笑道：「你似乎特別偏好醜陋的東西！」此時，他那終年紅潤的嘴唇顯露出可怕的獰笑，並蠻橫地回答：「我就是這樣，外行的畫匠，那裡懂得醜中之美。」儘管他是本朝第一畫匠，竟也敢在主公面前，出此狂言。先前提過的那個弟子，給他取個諢名叫「智羅永壽」，譏諷他的高傲自大，這眞是實至名歸啊！你或許知道，「智羅永壽」此一名詞，乃是

---

❽ **川成**：百濟河成（七八二～八五三），平安初期的畫家，是朝鮮歸化為日本人的子孫，山水與人物之畫，極為逼真。

❾ **金岡**：巨勢金岡，平安初期的畫家，活躍河成之後。

❿ **五趣生死圖**：衆生藉由善惡的業因而輪迴轉世的五個處所，即天上、人間、畜牲、餓鬼、地獄。

昔日自中國渡海而來的一位相當自負者的名字。

然而，這個良秀——這個筆墨難以形容的蠻橫者良秀，亦有一處類似人間情愛的地方。

5

說到良秀的情愛，那就是簡直發瘋似地鍾愛他那獨生女兒。就如前面所說，他的女兒是氣質溫柔且孝順的孩子，良秀疼她的程度，也絕不遜色於她。任何廟宇來向他化緣，他從不願施捨，倒是毫不吝惜金錢，買女兒的衣裳、或髮飾等。這種情形，或許沒有人會信吧！

但良秀鍾愛她的女兒，只是一味地鍾愛，卻做夢也未曾想到替她招個好夫婿，非但如此，若是有人毀謗女兒，他甚且會有攏集街頭少年去暗算那人的念頭，因此當主公只讓他女兒當小侍女時，他就大感不服，當時，只要一來到主公面前，便表現出極不愉快的神色。至於主公看上這女兒的美麗，而不顧良秀的意願與否，就留下她的流言，大概就是看良秀不悅的情形，所揣測出來的吧！

原來這流言是假的，但是良秀愛女心切，一心懇求償還他女兒的事，倒是眞的。有一次，主公要他畫文殊童子菩薩，他就以主公寵愛之侍童的面貌爲底本，畫得極爲美妙，於是主公心中大喜說：「你希望得到什麼，我將獎賞給你，老實說吧！」

於是，良秀恭恭敬敬地，卻說出令人意想不到的話：「請賞還我的女兒吧！」

這種毫無忌憚的話，在其他宅邸，倒也無妨，然而在堀川主公身邊爲婢的女孩，即使做父親的是如何地鍾愛，像這樣莽撞無禮的說話態度，是任何國度也看不到的！

一向寬宏大量的主公聽到這番話後，似乎有點不悅，頃刻間，默默地望著良秀的面孔，之後，衝口而出，說道：「那是不可能的！」便立即走開。

像這類情事，前後大概也有四、五次吧！今日再回想起來，自從那之後主公看良秀的眼神，似乎有逐漸冷淡的樣子了。

如此一來，女兒因替父親操心，每當回到房間時，總是一個人咬著袖子，不斷啜泣。這些情形，更使主公愛慕良秀女兒的流言，逐漸地擴展開來。其中亦有人認爲「地獄變」屏風的由來，是因爲良秀女兒不肯服從主公的御意而引起，事實上，怎麼會有這種事呢？

在我們這裡看來，主公之所以留下良秀的女兒，完全是因爲可憐女孩的身世，認爲將她留在那麼頑強的父親身邊，倒不如讓她待在宅邸中，自由自在地生活。本來主公眷顧性情如此溫柔的女孩，也是天經地義的事。至於愛好美色，簡直是牽強附會，不，不但是附會，根本就是無稽之談。

姑且不管這些流言，倒是良秀自從要求償還女兒這件事以後，所得恩寵就大不如從前了。此後不久，主公不知爲何，突然召見良秀，要他畫一扇「地獄變」的屏風畫。

6

一談起「地獄變」屏風畫，我就覺得那幅可怕的畫面，彷彿出現在眼前一樣。

同樣是地獄變，良秀畫的，和其他畫匠的畫比較，首先就構圖完全不相似。在那一扇屏風的角落上，畫著小小的十殿閻羅[11]及其眷屬，其餘是一片駭人的烈火，其所捲起的火舌，活像要燒爛刀山劍海一般。除了唐朝冥官們的衣服上，綴有一點點的黃或藍外，只見一片熊熊的火海，其中飛墨般的黑煙與催烈火勢的小火星，宛如卍字般猛烈地漫天飛舞。

僅是如此，筆勢即已足夠叫人怵目驚心，而加上被地獄之火所燒，輾轉痛苦哀號的犯人，也幾乎沒有一個表情是平常地獄畫曾經出現的。爲何緣故呢？因爲良秀是以上自王公貴族，下至乞食賤民等各種身分的人爲底本，來畫出這些犯人的。高冠束帶威風凜凜的王公，娥眉彩黛的宮女，身掛佛珠的唸佛僧，踩高木屐的宮廷近衛，著長衫的女童，手捧冥錢的陰陽師，——一一數出來，豈有限際。總而言之，各色各樣的人們，在火煙中掙扎翻捲，飽受獄卒牛頭馬面的虐待，如大風吹散的落葉，紛紛四處逃竄。被鋼叉捲著頭髮，手腳瑟縮更甚於蜘蛛的女人，大概是女巫之類吧！被長矛刺穿胸膛，恰像蝙蝠倒掛的男人，應該是某班屠宰官吧！除此之外，或是被鐵條鞭笞的，或是被盤石壓住的，或是被怪鳥的嘴抓住的，或是被毒龍的顎咬住的——就是刑罰，亦依照犯人的數目，不知有千百種……

然而，其中最令人感到悽慘的，就是從半空中掉下來的牛車，一半穿過宛如獸牙般的刺海上（劍海尖端尚有貫穿五臟的死屍纍纍）。當地獄陰風吹過，掀起車簾，裡面打扮得花枝招展，身穿綺羅綢緞的宮女，丈長的黑髮在炎火中隨風搖曳，扭動著的粉頸，現出無端的痛苦。這侍女的掙扎，如上燃毀的牛車，無一不令人聯想到煉獄之火的折磨。乍看之下，彷彿整幅畫面的恐怖，都集中在這個女子的身上。甚至連觀畫的人們，耳根都自然地響起悽慘的哀號，可見其出神入化的程度。

啊！就是這幅畫，就是爲了畫這幅畫，才會引起那件可怕的事。而且，若非如此，良秀固然高明，又怎能活靈活現地畫出地獄的苦難呢？他是把屛風的畫給畫成功了，然而卻落到連命都賠掉的悽慘境地。或許，這幅畫中的地獄，就是良秀本身該墜入的地獄吧……

我急著述說地獄屛風畫的故事，也許把故事的順序給弄顚倒了，接著，就讓我們再來談談，奉了主公之命而著手畫「地獄變」的良秀吧！

7

良秀從此有五、六個月，幾乎不上府邸，專心畫屛風畫。像他那樣鍾愛的女兒，一旦畫起畫來，卻連女兒都不見的人，實在是不可思議吧！先前提過的那個弟子，說他師父一旦著手畫畫，簡直就像著了狐狸的魔一樣。實際上，根據當時的風評，有人認爲良秀的繪畫技巧之所以成名，是因爲他向福德大神發過誓，在他繪畫的當兒，偷偷躲在後面窺看，一定可以看到許多陰森森的孤魂，一批一批地群集在他的前後左右，由此證明確有祈願之事。也就因爲如此，才會一提起筆作畫，便忘懷一切，無論白天或夜晚，總是關在小屋子裡，幾乎不見天日。——尤其是畫地獄變的屛風畫時，這種專注的情形，似乎只有過之而無不及。

說到他專注的神情，並不僅止於白天躲在不開窗戶的房間裡，就著高腳油燈的光亮，調和各種祕密的顏料，或叫弟子們穿上白衫或絲褂，裝扮成各種模樣，然後仔細地描繪每一個

⓫ **十殿閻羅**：在地獄中裁死者的十個王，如：秦廣王、閻羅王等。

人的姿勢。這種異於常人的舉動，就算不是地獄變，只要是在於作畫，他的作法就是如此。而且，就當他在畫龍蓋寺的五趣生死圖的時節，一般人通常都會撇頭避免觸及那路旁的死屍，而他竟然悠哉地坐在那些腐屍前面，毫髮不差地描摹半腐的手腳與面孔。他的專注情形，到底是怎麼一回事，相信你也一定尚有不解之處吧！此刻無暇詳談，但若簡要說明，其大致情形如下：

良秀的一個弟子（就是前面述及的那一個），有一天正在調顏料，師父突然走過來道：「我想稍睡一會午覺，可是最近卻常作惡夢。」這並不是什麼稀奇事。

於是，弟子仍繼續調顏料，只以一貫的問候語氣說：「是這樣嗎？」

然而，良秀卻表現出一種出乎尋常的寂然模樣說：

「這樣吧！我睡午覺時，你就坐在我的枕畔吧！」語氣帶有客氣的央求意味。

弟子發現師父一反常日，對師父這種連夢都擔心的情形，感到不可思議。但是陪坐枕畔，並非費力之事，便說道：「好的！」

師父卻仍憂心忡忡，躊躇地吩咐道：

「那麼就立刻到房間裡來吧！待會兒若是有其他弟子前來，切莫讓他進入我睡覺的地方。」所謂睡覺的地方，也就是良秀作畫的房間，那天一如夜晚一般地關窗關戶，房裡只點著微弱的油燈，而那張用炭筆構圖的屏風畫，卻不斷地在四周迴旋。至於良秀，他一進房，便枕著臂膀，宛如已是疲憊至極的人，不一會兒便酣然入睡，然而，不到半晌，坐在枕邊的弟子，就聽到了一種難以形容而令人作噁的可怕聲音……

8

一開始只是斷斷續續地聲音，不久之後，逐漸變成斷斷續續的言語，猶如快溺斃的人，在水中掙扎呻吟所說的話一樣。

「什麼？叫我去嗎？——那裡？到那裏去呢？到地獄去！到火焰地獄去！——是誰？你是誰？——你是誰？——我還以爲是誰呢！原來是——」

弟子不知不覺地停止調顏料，戰戰兢兢地去偷窺師父的面孔，只見滿是皺紋的臉都已泛白，而且冒出了大顆的汗珠，嘴唇乾裂、那張只剩幾顆牙齒的嘴巴，好像氣喘似地張得大大的。而且他的口中，好似有什麼線牽拉著似地，不斷地抖動，看得令人眼花撩亂，那不就是他的舌頭嗎？原來斷斷續續的說話聲，就是由這舌頭發出來的。

「我還以爲是誰——哼！原來是你，我早就料到是你了。什麼，來迎接了？所以要去，去地獄，地獄裡——地獄裡我的女兒等著我。」

此時，弟子的眼睛好像看到了朦朧的怪異影子，忽上忽下地掠過屏風畫面，不覺令人毛骨悚然。弟子很自然地立刻去拉良秀的手，使盡力氣不斷地搖著，然而，良秀依然昏睡夢中，猶自說個不停，毫無將醒過來的樣子。因此弟子不顧一切，將旁邊的洗筆水一股腦地往師父的臉上潑去。

「在等候著、所以坐這車子去——坐這車子、到地獄去……」這樣說的同時聲音變成掐住喉嚨似的呻吟聲，好不容易良秀才睜開眼睛，驚慌得比被針刺還要痛的樣子，猛然地爬起來，大概是夢中的奇異怪物，還沒自腦中褪去的緣故吧！頃刻間，他只現出驚恐的眼光，嘴巴依然張得開開的，呆望著房間上方，過了一會兒，才完全甦醒過來。

「好了，到那邊去吧！」此番語氣是冷淡無情。弟子知道此時此刻若不服從，一定會遭到嚴厲的責罵，於是匆匆地步出師父的房間，當他看到外面明亮的日光時，宛如是自己做了噩夢一般，不覺歎了口氣，放下了心。

然而，僅只如此，倒也算好，在大約過了一個月以後，又特意叫另外一個弟子進去，良秀依舊在晦暗的油燈光中，口咬畫筆，冷不防地轉向弟子說：

「勞煩你裸身吧！」這話在弟子聽來，想畢竟是師父吩咐的事，因此立刻脫下衣服，赤裸裸地站在良秀面前，良秀蹙眉說道：

「我想看被鐵鍊綁住的人，很是抱歉，然而只是片刻工夫，你能照我的意思做吧！」脾氣古怪的良秀，雖口說抱歉，卻是一副冷冰冰的樣子。這弟子原本就是要大刀遠比握畫筆來得道地且適合的年輕壯漢，只是此刻聽師父這麼一說，仍不免驚慌失措，日後再提起這件事時，總是反覆地說：「我當眞以爲師父瘋了，要把我處死。」再說當時的良秀，看弟子猶豫不決，便急躁起來，不知從何處拉出一條嘩啦嘩啦響的細鐵鍊，飛也似地跳到弟子的背後，不由分說，便扭起兩條臂膀，用鐵鍊重重地捆住，然後又將鎖頭使勁一拉，這叫人如何忍受呢？弟子的身體承受這番彈力，由於來勢過猛，震得地板響動，就在這同時，弟子一站不穩，便一股腦地倒了下去。

9

當時，弟子的模樣，恰像滾動的酒罈。由於手腳都被殘忍地扭曲著，唯一能動的只有頭部，再加上肥胖身體中的血脈，被鐵鍊捆得無法循環，因此，無論是身體或臉部，都呈現一片通紅。然而，良秀卻毫不在意，左右來回地瞧著酒罈樣的身體，甚至即時畫了幾張寫生圖。在那期間，被縛住身體的弟子，是如何地痛苦不堪，想必不用再特地說明了。

如果當時沒有發生任何事端，這種痛苦恐怕仍然要繼續下去。所幸（說是有幸，倒不如說是不幸要來得恰當），不久之後，從屋角的壺中，閃出一黑油般的東西，一路細細地蜿蜒而來，起初似乎非常黏滯，只能慢慢移動，待全身漸漸滑溜時，便一閃一閃地發著光，直流到鼻尖來，弟子冷不防地倒抽了一口氣。

「蛇啊！蛇啊！」叫嚷了起來，此刻，全身的血液一時都凝凍了，這話說得並不誇張，因爲實際上，再差一點，冰冷的舌尖就觸到被鐵鍊所綁的頸肉了。再橫行霸道的良秀，碰到此番意外事件，也不免大吃一驚。慌張之餘，丟了畫筆，趕緊彎下身去，一把抓住蛇尾，將牠倒提著，蛇儘管被倒提，依舊奮起伸頭，緊緊地纏捲住自己的身體，然而，無論如何，總是功敗垂成，無法捲到良秀手揑之處。

「就是因爲你這傢伙，害我畫糟了一筆。」

良秀惡狠狠地喃喃埋怨，將蛇丟到屋角的壺中去，然後勉強地將弟子身上的鐵鍊解開。然而也僅只是解開，對這位難得的弟子，卻一句安慰的話也不說。大概是弟子被蛇咬後，也抵不上畫壞了一筆畫，更值得令人憤怒吧！——後來聽說，那條蛇也是他爲了作畫，而養在壺中的。

光聽這一段故事，想必大家已略爲知道，良秀的瘋狂，及令人害怕的專心程度吧！但是最後還有一樁故事，這回是個只十三、四歲的弟子，也是托地獄變屏風畫之福，而親嘗苦頭，險些送掉一條小命。這個弟子是個天生脂粉氣重的男孩。有一天晚上，悄悄地被師父叫到房間去，良秀坐在燈光下，手拿腥臭的肉，正在餵一隻稀奇少見的鳥。牠的身體大約有一般貓兒的大小吧！經這麼一說，那像耳朵一樣托住兩邊的羽毛，及呈琥珀色彩的眼睛，乍看之下，倒眞像隻貓呢！

10

原來良秀這個人，只要是自己所做的事，都非常厭惡別人來插嘴，自己房中有些什麼東西，也從不告訴弟子，像前面提及的那條蛇就是一例。因此，桌上有時擺上髑髏，有時放上銀碗或金漆高腳杯，以他當時作畫的情形，任何意想不到的物品都可能擺出來。但是，平常這些物品到底是放在那裏，卻誰也不得而知。關於他承受福德大神之暗中幫助的傳說，以上的事件都可說是原因之一。

因此弟子心想，桌上那隻怪異的鳥，一定也是師父爲了畫地獄變屏風而飼養的，於是誠惶誠恐地走到師父面前，必恭必敬地說：「請問師父有何吩咐？」

良秀彷彿沒有聽到他的話，舌頭舔著紅嘴唇說：

「怎樣，不是很馴服了嗎？」臉部朝向鳥的下顎。

「這是什麼鳥，我從來就沒見過。」

弟子一邊說，一邊盯著這隻有耳朵，像貓一般的鳥，心中卻是膽顫心驚的。

良秀依然以平常的嘲笑口吻說：

「什麼，沒見過？你這種在城市裏長大的人，眞是傷腦筋，這是二、三天前鞍馬的獵人送我的，叫做貓頭鷹，只是，像這樣馴良的，恐怕不多。」說著說著，良秀慢慢舉起手，在那剛剛餵食過的貓頭鷹背上，由下往上倒撫著他的羽毛。就在此時，那隻鳥發出一聲急促尖銳而有力的叫聲，倏地從桌上飛起，張開雙爪，冷不防地向弟子撲來，當時，若不是弟子及時用衣袖遮住臉，恐怕已遭池魚之殃，被抓傷了好幾處。接著他不斷大叫，揮著衣袖，企圖趕走牠，但是貓頭鷹卻仗著威勢，鳥喙大叫，再一次地反撲弟子——弟子似乎忘了師父就在面前，時而起身防禦，時而蹲下追趕，在狹窄的房間裏，不自覺地四處逃竄，那隻怪鳥自然也或高或低地跟著飛動，只要有隙可乘，便驀地向弟子的眼珠撲來。每一次啪煞啪煞地振動淒厲的翅膀時，總夾雜落葉的臭味，飛沫四濺，發出猿酒⓬的餿味，伴著這種怪異的氣氛，眞怕會有怪物出現，更教人有說不出的害怕。那弟子還說，暗淡的燈光彷彿朦朧的月影，而師父的房間活像是深山中妖氣瀰漫的幽谷一般，令人驚怕不已。

然而，弟子最害怕的不是被貓頭鷹襲擊，更令他毛骨悚然的是師父良秀的態度，良秀冷

⓬ **猿酒**：猿猴將果實貯藏於樹木的洞中或岩石縫間，便其自然發酵，味道似酒。

眼旁觀這場騷動，緩緩地展開畫紙，舐著畫筆，仔細描繪美貌少年被鳥欺侮的悽慘景象。弟子瞧見這種情形，忽然一種難以形容的恐懼緊緊攫住他，一時之間，他還以為自己會被師父所殺害呢！

11

實際上，可能將被師父殺害一事，並非完全沒有根據。那晚良秀特意將弟子喚進房間，的確是有意唆使貓頭鷹攻擊弟子，然後再描繪弟子逃竄的情形。因此，當弟子一眼看到師父的神情時，便立刻不自覺地舉起雙袖遮住頭，口中不知所云地發出悲鳴聲，跑到房間一角的拉門邊，蹲踞不動。此時，良秀不知為何慌張高叫，倏地站起來，突然間，貓頭鷹振動翅膀的聲音，比先前越發凶猛，物品倒塌破碎的聲音，劃破時空，顯得屋內更為喧鬧。弟子再度感受那份恐懼，不由得探頭一看，屋中黑漆漆一片，只聽到師父叫喚弟子的聲音，似乎很焦急的樣子。

不久，一個弟子，老遠地應聲著，舉著燈，急忙地趕來。透過那盞發出煤臭味的燈光一瞧，是高腳油燈倒塌了，撒得地板、蓆子到處都是油，剛剛那隻凶猛的貓頭鷹，痛苦地拍動一邊翅膀，在地板上輾轉掙扎，而良秀卻挺著上半身坐在桌前，臉上一副發呆的神情，不知在說些什麼，口中不斷喃喃自語。——這也難怪，原來那隻貓頭鷹的脖子和一邊翅膀上，此刻正被一隻黑蛇緊緊地纏繞著。大概是弟子閃躲的當兒，打翻了角落上的壺，於是蛇從壺中爬出，貓頭鷹勉強地想抓住牠，終於鬧得這般天翻地覆。兩個弟子面面相覷，呆望這幕奇景半晌，不久，才默默向師父行禮偷偷溜出房間。至於蛇與貓頭鷹的結局如何，卻無人知曉。

類似這般情事，此外還發生過幾次。由於良秀奉主公之命畫地獄變屏風，是從入秋開始的，因此從初秋到冬末，弟子不斷飽受脾氣怪異之師父的威脅。那年冬末，良秀或許是屏風畫進行得不順利，模樣變得比以前更加陰沉，說話態度也更加粗暴。同時，屏風畫雖已完成八分，卻從此毫無進展，於是一副連已畫好部分，都要塗抹掉的神情。

到底是屏風的那一部份讓他不稱心呢？那是無人知曉，亦無人願意知曉的。由於這些日子以來的痛苦折磨，令弟子感覺宛如與虎狼同居一室一樣，因此，自從貓頭鷹事件之後，弟子們都打定主意，盡量避免與師父碰面。

12

因此，在這一段期間內，良秀與弟子間，並無值得一提的事。如勉強要說，就是那個倔強的老頭，不知爲何變得多愁善感很容易落淚，在沒有人的地方經常獨自一人哭泣。有一天，一個弟子因事來到前庭時，看見師父站在走廊上，望著冬盡春來的天空，目眶中淚水盈盈。弟子見此情狀，反而覺得自己太冒昧而難爲情，於是悄悄折回去。但這位曾經爲了畫五趣生死圖，而坐在道旁臨摹死屍的傲慢師父，竟會爲了屏風畫的不順心，而像孩子般地哭泣，那不是太奇異了嗎？

然而，就在良秀全心一意投入屏風畫的繪畫工作時，他的女兒也毫無來由地鬱鬱寡歡，在我們眼裏，可以看出她強忍淚水的樣子。原來就是白晰的臉蛋，再加上愁雲嬌羞，因此當她把眉頭深鎖，就彷彿凝聚了一重無人知曉的痛苦，還有眼眶帶著黑暈，更顯得寂寞無依。起初有人猜測是掛念父親，但也有人說是得了相思病等，種種猜測紛紜，不久，又有一種傳說，說是因爲主公要她服從御意，納她爲妾，她才如此悶悶不樂。從此大家似乎忘了這件事，再也沒有人談論她的事。

就在這段期間，在某個更深人靜的夜晚，我一個人經過走廊，那隻猿猴良秀冷不防地跑出來，頻頻拉扯我的衣襬。我記得那是個梅花輕吐芬芳，月光淡淡的溫暖夜晚，透過月光一瞧，猿猴露出潔白的牙齒，頻蹙眉頭，皺著鼻頭，瘋狂似地哀鳴。我雖有三分害怕，但其餘七分是因爲新衣被拉扯而憤怒。最初我想踢開猿猴，逕自走過長廊去，轉念一想，以前某位武士因踢牠而惹得少主不高興，而且那隻猿猴的舉動看似不太尋常，於是我當機立斷，隨著牠拉扯的方向，走了五、六間的距離。

走到走廊的轉彎處，雖是黑夜，仍可見枝葉扶疏的松枝後，掩映著一池月光下的池水，就在池塘附近的房間裏，傳來人們爭吵的聲音，急迫、冷清，一陣陣地傳到我的耳裏。周遭重返寂靜無聲，在分不清是月光或是夜霧的夜裏，只有池魚跳躍的聲音，聽不到一點講話聲。因此我不知不覺地停下腳步，心想要是有人心懷不軌，我一定要給他點顏色瞧瞧，於是我屏氣凝神，悄悄地走到拉門外。

13

然而，那隻猿猴似乎認爲我的動作太慢，急躁地三番兩次在我的腳邊打轉，並發出彷彿被人勒住咽喉似的哀啼聲，突然一跳，跳到我的肩頭，我不覺把頸子一偏，以免被牠抓傷，牠也緊拉住我的衫袖，生恐滑落下去，——此時，我搖晃了兩、三步，倒撞在拉門上，在此情況下，眞是刻不容緩，我立刻拉開拉門，想跳進月光照射不到的地方，但，有個人影在我眼前一閃——更令我吃驚的是，同時房裏衝出一個少女，險些與我撞個滿懷，順勢就往外跌撞了出去，卻又不知爲何跪在地上，喘著氣，戰戰兢兢地瞪著我的面孔，彷彿看到什麼可怕的東西一樣。

衝出門外的正是良秀的女兒，那天晚上的她，與平日簡直判若兩人，看起來神情異常激動充滿了憤怒，眼光炯炯有神，雙頰也像火般紅潤，凌亂的裙子與貼身內衣，使她一反平日的稚情，更添嫵媚嬌柔，眼前的這位少女是往昔那個凡事弱不禁風，害羞嬌嗔的良秀的女兒嗎？我靠著拉門，望著這位月光下的美麗少女，並指著慌忙遠離那個人的背景，使眼色問她是何人。

然而，少女咬著嘴唇，默默地搖頭，一副悔恨氣憤的神情。

我於是欠身彎腰，在她的身邊輕輕地問：「那人是誰？」但她仍只是搖頭，默不作答，此時，她長長的睫毛底下已盈滿淚水，且把嘴唇咬得更緊了。

生性駑鈍的我，除非眼見爲憑，否則根本不懂拐彎抹角，因此我也不知該如何安慰她，只好暫時站在那裏，傾聽她因啜泣而起伏的悸動。最重要的，是我發覺似乎不該再繼續苦苦追問下去。

如此之下，不知持續了多久。我輕輕地拉上拉門，回頭看著怒火稍退的少女，盡可能溫和地說：「你趕快回房間去吧！」另一方面，我覺得自己似乎看到了不該看的事情，心中忐忑不安，甚不自在，並為那不知是何方人士的感到羞恥，慢慢地向原來的地方走去。但是，走不到十步的距離，不知是誰，又從後面慌慌張張地拉扯我的衣襬，我驚愕地回頭一瞧，你們道他是誰呢？

仔細一瞧，那隻猿猴良秀就站在我的腳邊，模仿著人類，兩手作揖，頻頻恭敬地點頭，表示感謝，弄得頭上的金鈴直響。

14

自良秀女兒的事件發生之後，大約過了半個月。一天，良秀突然來到宅邸，請求馬上要晉見主公。雖然他身份卑微，但由於平常蒙受寵幸，因此不隨便接見人的主公，這天卻也立刻承允，將他召喚到面前。良秀依舊如往常，身穿丁香染製的絲褂，頭戴揉烏帽，擺出較以往更不悅的神情，當他恭恭敬敬地，在主公面前時，用著沙啞的聲音說：

「主公從前吩附我畫地獄變屏風，由於我日夜竭盡心力執筆作畫，目前已大致完成。」

「那真是可喜的事，我太高興了。」

然而，主公在說這句話時，語氣中隱約帶有乏力感，一副失望敗興的神情。

「不，一點也不值得可喜。」良秀略顯惱容，視線下伏地說：

「畫是已大略完成，但仍有一處畫不出來。」

「什麼！畫不出來？」

「是的，必須親眼目睹，否則我難以畫出，就算畫出來，也無法令人滿意，所以這等於畫不出來。」

主公聞言色變，臉上浮出嘲諷的微笑，說：

「這麼說，畫地獄變屏風，這非得目睹地獄的眞實情形囉！」

「的確如此，前幾年我曾親眼目睹大火災，宛如火焰地獄的猛火一般，因而能畫出『不動明王』，主公您應該也知道那幅畫吧！」

「但是，犯人又怎麼辦呢？你總該沒看過獄卒吧！」主公似乎沒聽到良秀的話，繼續這樣逼問。

「我曾看過被鐵鍊捆縛的犯人，也曾目睹被怪鳥折磨的人，因此不能說沒看過犯人被刑責的情景。至於獄卒——」良秀發出令人作嘔的慘笑說道：「至於獄卒，我曾幾度在夢中見過，有牛頭、馬面、還有三頭六臂的鬼怪，鼓掌不發出聲音的雙手，張著聽不到說話的口，他們幾乎夜夜嚇我。——我畫不出的不是這些東西。」

這番話，聽得主公驚愕不已，頃刻間，只是不耐煩地睨著良秀的面孔，不久歛歛眉頭，顯出不在意的神情說：

「那麼，你畫不出什麼呢？」

15

「我打算在屏風畫的正中央，畫一輛蒲葵車由空中墜海的情景。」良秀說著，用犀利的眼光望著主公。以後我聽說過他作畫的瘋狂態度，此刻親身看到他的眼神，果然足以懾人。

「那輛車子中，還要有一位明艷婀娜的大家閨秀，她黑髮飄散，在烈火中做無力的掙扎，臉沈隱在煙幕中，眉頭頻蹙，仰望車頂，試圖撕裂車簾，以防雨般的火星灑在她身上，而且她的周圍有不止十隻、二十隻的怪異的鷙鳥，鳥喙不停鳴叫，繞著她滿天亂飛。——但是，任我如何想像，我就是無法畫出那牛車上的閨秀。」

「然後——怎麼樣呢？」不知爲何，主公露出喜悅的神采，催促良秀繼續說下去。

然而，良秀照例震動乾澀的紅唇，語氣如夢囈一般。

「我就是畫不出來。」又重複這句話後，良秀突然說：

「請主公在我面前燒一輛蒲葵牛車，而且，如果辦得到——」

主公沉下臉，卻突然發出悽厲的笑聲，而且笑得轉不過氣來說：

「好！一切都照你的意思去辦，不用擔心是否能辦得到。」

當我聽到主公的話時，有一股莫名的預兆，因此感覺到某種難以形容的恐怖。而且當時主公的模樣，嘴角吐有白沫，眉毛像閃電般一上一下地抽動，彷彿感染到良秀的瘋狂，這景象看起來非比尋常。

主公說完這些話，稍停了停，隨即又馬上發出爆笑聲說：「不但可以燒蒲葵牛車，而且車中坐著一個明艷婀娜的閨秀，她將在烈火與黑煙中掙扎，然後活活悶死——會想到要畫這種畫，不愧是天下第一畫匠。應該誇獎，好！應該誇獎。」

聽完主公這段話語，良秀乍然驚惶失色，只有嘴唇因喘息而不停顫動，過了一會兒，才放鬆全身的筋肉似地，將雙手按在蓆子上，恭恭敬敬地說：

「謝主公恩典！」他的話細如游絲，低得幾乎無法聽到。大概是由於自己內心那份可怕的意圖，經主公這麼一說，彷彿變得有形有影歷歷在目一般呢！我想良秀的一生，大概只有這一次像是個可憐的人。

16

二、三天之後的某個夜晚，主公依照約定，召見了良秀，並且答應一定讓他親眼目睹蒲葵牛車的焚燒情形，只是焚燒的場所並不在堀川宅邸，而是在主公的妹妹昔日居住的城外山莊，一般俗稱爲「雪解府」。

這雪解府由於久無人住，年久失修，因此庭園內一片荒煙，蕪草蔓蔓。或許就是這種荒涼詭譎的氣氛，於是來往的人們傳說那早已逝世的主公妹妹，總在無月的夜晚，身著那條引人懷疑的紅色裙子，離地三寸地在走廊上走動。——這些傳聞當然不是空穴來風。白晝尙且冷寂的府第，入夜之後更顯得暗淡陰森，潺潺的流水聲，變成陰凄凄的可怕聲響，星光下飛翔的鷲鳥群，也被形容成怪物，不由得令人毛骨悚然。

恰巧那也是個無月的慘暗夜晚，在大殿油燈的照明下，坐在靠近走廊的主公，身穿黃色袍衣，配上綴有深紫浮紋的指貫袴，在白地棉邊的圓座上，高高地盤腿而坐，他的前後左右有五、六個武士，恭恭敬敬地排蹲在地上，其中一位格外惹人注意，原來是前幾年在陸奧戰爭中，因飢餓而呑食人肉，從此即能撕裂生鹿角的大力士。他下半身圍上纏腰巾，腰裏佩掛大刀，嚴肅地蹲在走廊下——這些武士在夜風輕飄燈火搖曳下，忽明忽暗，幾乎無法捉摸這究竟是夢幻還是現實，不覺驚心動魄，懾人心魂。

停放在庭院的蒲葵牛車，高聳的車蓋將整個夜壓得陰沈沈的，沒有牛的黑色車轅，斜擱在薦墊上，車身的金屬飾物在油燈的反射下，宛如星星一閃一閃地時隱時現，雖然此刻已是春天，卻仍透著一股滲肌的寒意，教人直打寒顫。由於車蓋上垂下了重重鑲有浮有線綾邊的青簾，因而外頭完全看不見裏面的動靜，牛車的四周站著幾個雜役，每個人手中都執著盛燃的火把，由於深恐黑煙會飛到廊前去，每個人都顯得戰戰兢兢的。

良秀在稍遠的距離，恰巧跪在走廊的正對面。他還是身穿丁香製染的絲褂，頭戴揉烏帽，彷彿承受著滿天星空的沈重壓力似的，看起來較平日更顯得瘦小卑賤。他的身後蹲有一個也是身穿絲褂揉烏帽的年輕人，大概是與他同行的弟子吧！他們兩人蹲在遠遠的黑暗中，從我站的走廊下根本分辨不出絲褂的顏色。

17

時刻已將近午夜，在這四周籠罩林泉聲的黑夜裏，窺視著這一群人動靜的，只有夜風吹過的聲響，以及火把頻頻散發出來的臭煙味。主公暫時沈默，一直凝視著這詭異的景象，片刻之後，他將膝蓋向前移了一下，便尖銳地喊道：

「良秀！」

良秀彷彿回應了一些話，但在我的耳朵聽來彷彿是呻吟聲。

「良秀，今夜我就如你所願，把牛車燒給你看吧！」

主公這樣說著，向左右的人們斜睨了一圈。或許是我的過敏吧！當時主公似乎與近旁的某人，交換了意味深長的微笑。於是，良秀誠惶誠恐地抬起頭來仰望庭廊，卻不發一話。

「仔細看啊！那是我平日搭的牛車，你應該認得吧！——我打算現在縱火燒車，讓火焰地獄呈現在你的眼前。」

主公再度停止話語，向身旁的侍者使了個眼色，然後突然以不悅的口氣說：

「車中綁有一個犯罪的侍女，只要火一縱燒起來，那侍女必定燒得焦頭爛額，飽受折磨而死，對你的屏風畫，必定是活生生的底本。你切莫看漏那雪般肌膚被火燒爛的模樣啊！也得仔細瞧那黑髮化成小火星，漫天飛舞的情景啊！」

主公三度閉口，彷彿想起了什麼事，只是聳聳肩，獨自笑了起來說：

「這是空前絕後的奇觀，我也要在這裏好好觀賞，來人，掀起簾幕，讓良秀瞧瞧車中的女人。」聽到主公命令的一個壯丁，一手高擎著火把，逕自走近車旁，立刻伸手拉起簾幕，火把發出「嗤烈」的悽慘聲音，明亮的火光頓時把狹窄的車篷內照得一清二楚。然而車中那位被鐵鍊酷綑住的少女——啊！有誰會看錯！那繡有櫻花的唐衣上，披散著光亮烏黑的長髮，金釵在火光下，美麗而閃耀，儘管裝扮不同，但那纖細的身材、以及被勒緊的雪白頸項，還有那淒涼而嬌羞的臉龐，的確就是良秀的女兒。那時我幾乎叫出聲來。

正當這個時候，跪在我對面的武士慌忙起身，一手按住刀柄，狠狠地睨著良秀。嚇得我直望向良秀，他遇著這番景象，彷彿失神一般。原先跪著的他，突然跳起來，兩手前伸，情不自禁地想奔向車前。但是如前所述，他站在較遠的黑暗處，我無法看清他的容貌，然而一瞬間，良秀慘白的臉孔，眼睛宛如被一種無形力量吊在半空中的身影，剎那間從黑暗中衝出來，清楚地呈現在我眼前了。此時，載著良秀女兒的蒲葵牛車，在主公「點火」的一聲令下，壯丁們拋出火把，就如身浴火海般熊熊地燃燒了起來。

18

看著火舌已吞噬了整個車蓋，掛在車簷的紫流蘇，彷彿被煽動似地飛飄起來，夜色下的白煙，一片霧濛地由下向上盤旋，還有車簾、衣袖、車脊的金飾，一時之間碎裂四散，漫天小火星如雨般飛舞——悽慘的景象教人難以形容。更可怕的是火舌捲住車子的邊窗，烈焰騰空的火紅顏色，宛如日落乍然迸出火苗。先前我幾乎失聲驚叫，此時卻是魂消魄散，茫茫然地張著口，凝視這可怕的景象。但是父親良秀的神情——

良秀當時的神情，我至今無法忘懷。情不自禁跑向車前的他，在點燃烈火的同時，停止了腳步，雙手依然前伸，眼睜睜地看著包圍牛車的火焰與濃煙，他全身浸在火光下，佈滿皺紋的醜臉，連鬍鬚末端都清晰可見。他瞳孔放大，嘴唇歪斜，雙頰肌肉不斷痙攣，心中交雜的恐懼與悲傷，此刻歷歷浮在臉上。就算是即將上斷頭台的犯人，乃至於被拉往十殿閻王前的十惡不赦的大惡人，恐怕也不至於會有這副表情，這種景象，那怕是孔武有力的武士，也在不知不覺間變了臉色，大家都畏畏縮縮地望著主公。

然而，主公緊咬嘴唇，不時露出獰笑，眼睛眺望車子那邊。至於車中——我幾乎沒有勇氣訴說我當時所看到的情景。在濃煙嗆鼻的情況下，車中的少女向上仰望的面容之蒼白，在火焰中亂甩的長髮，以及瞬間將燃燒成灰的華麗唐衣之美——是何等慘絕的景象啊！尤其夜風陣陣，濃煙吹向對面時，小火星如雨點般撒下，火焰中浮現少女嘴被堵住，拼命掙扎身上鐵鍊的模樣，簡直就是地獄苦難景象的呈現。我和那些孔武有力的武士都不禁毛骨悚然。

此刻又刮起一陣夜風，吹掠庭園內的樹梢——任誰都如此覺得，這種聲音在黑暗中凌空而過，突然有一個黑影，彷彿不著地，卻又似飛地像球一般由府第屋頂上躍入燃燒正熾的車中，在塗有紅漆的邊窗劈劈啪啪地脫落時，抱起反仰少女的肩頭，發出如帛布撕裂的尖銳叫聲，彷彿痛苦不堪地躍出濃煙之外，接著又傳來二、三次叫聲——這時，大家不知不覺地齊聲叫了出來。原來在帷幕般的火焰中，抱起少女肩頭的，就是被綁在堀川宅第，諢名叫良秀的那隻猿猴。

19

看見猿猴的身影，不過是轉瞬間的事。當金粉般的火星往上騰昇時，猿猴及那少女的身影，都隱沒在濃煙的深處，庭院中留下的只是燃燒中的牛車，及悽慘的燃燒聲。不，與其說是火焰車，不如說是騰空的火柱，或許這樣更能貼切地形容那直衝凌霄，氣勢洶洶的火焰。

在火柱之前，是呆立不動的良秀——多不可思議的事啊！先前良秀彷彿置身地獄刑罰的掙扎中。而今的良秀，在那佈滿皺紋的臉上竟浮現出光采，一種恍惚中帶有喜悅的光采。他似乎忘了主公也在場，雙手緊緊交抱在胸前，佇立不動。或許在他的眼中，並沒看見女兒活活悶死的模樣，他所看到的似乎只有美麗的火焰色彩，以及受苦於其中的女人身影，使得他滿心喜悅——他終於看到這種景象了。

更不可思議的，不是他靜望女兒被焚燒掙扎時所露出的喜悅，當時的良秀所散發出的氣息不似凡人，好像夢中的獅王怒吼聲，既莊嚴又肅穆。因此，無數遭此意外之火而受驚嚇的夜鳥，漫天亂啼亂飛，卻不敢接近良秀的揉烏帽。或許在那些無知的鳥的眼中，也看到了他的頭上，還籠罩著一圈怪異又具威嚴的光暈吧！

禽鳥尚且如此，何況人呢？我們壯丁乃至於全場的人都屏氣凝神，全身震顫，內心充滿異樣的喜悅，彷佛看開眼佛一般，目不轉睛地凝視著良秀。火焰燃燒的聲音直震夜空，加上魂消魄散，呆立不動的良秀——是何等的莊嚴，何等的喜悅。其中只有一個人不同，那就是坐在走廊上的主公。他宛如變了個人似的，臉色蒼白，口吐白沫，雙手指甲變紫色緊抓著膝蓋，猶如喉嚨乾渴的野獸，不停地喘息著。

20

那夜主公在雪解府焚燒牛車的事，不知是誰洩露到市井上，因而隨之而來的是各種眾說紛紜的批評。首先批評的是，主公為什麼要焚燒良秀的女兒——其中尤以求歡被拒，由愛生恨的傳言最多，然而，我想主公的旨意應該是，為了懲罰不惜燒車殺人，以完成屏風畫的畫匠良秀的劣根性。實際上，我也曾聽主公這樣說過。

其次指責的是良秀，他一心一意只為完成屏風畫，竟忍心眼睜睜地看著自己的獨生女兒葬身火海，彷彿鐵石心腸。其中有人罵他是個為了作畫，寧願捨棄父女親情的人面獸心者。那位橫川的僧官，也是贊成這種說法的人，他經常告訴弟子：「任憑人在某種技藝上有過人之處，如果不辨五常（仁、義、禮、智、信），只好墜入地獄。」

大約經過了一個月，「地獄變」的屏風畫終於完成了，良秀立刻攜入府內，恭請主公觀看。當時那位僧官剛好也在場，當他看了一眼這幅屏風畫時，果真被那幅畫的懾人氣勢，以及中央那片燃燒天地的暴風火所鎮懾，原先睥睨看不起良秀的他，此刻也不覺拍案叫絕說：

「畫得好！」

至今，我仍無法忘記，當時聽到這句話的主公，他那副苦笑的難堪神情。

從此以後，不再有人批評良秀，至少府邸中的人是如此，任何人看了屏風畫，儘管日常是無以復加地憎惡他，此刻也都會感到一股肅穆之情，這或許是因為屏風畫酷似火焰地獄的悽慘景象的緣故吧！

只是，此時此刻，良秀已不在人世，在完成屏風畫的那個晚上，他就在自己的房間中懸樑自盡，讓女兒先他而步上黃泉路的良秀，恐怕再也無心留戀人間吧！屍骸至今仍埋在他家的遺址上，但是小小的墓碑，歷經幾十年的風吹雨打日曬後，早已佈滿青苔，無法分辨是為何人的墓塚了。

羅生門

某天黃昏，有一個傭人在羅生門❶下躲雨。

在寬敞的門面下，除了這個男人之外，再無其他任何人了，只有一隻蟋蟀，停留在到處都是紅漆斑剝的大圓柱上。平時，位於朱雀大路上的羅生門，照理應該還會有幾個戴著市女笠❷或揉烏帽的人來這裏躲雨，但，此時，就只有他一個男人。

這兩三年來，京都不斷地發生天災人禍，或地震或颱風，不然就是火災或飢荒，因此市內蕭條殘破不堪。根據舊記❸的記載，佛具倒了，佛像碎了，那塗有紅丹或金箔、銀箔的木頭，在路旁堆積如山，被當作薪柴來出售。自從京都落到這步田地，羅生門的修護工作自不待言，當然是誰都避之不及了。於是，這個荒蕪的廢墟，就成爲狐狸的棲息處，盜賊的避風所了。最後，大家甚至將無人認領的死屍殘骸，往這裏堆棄，久而久之，向四處散發出一股

---

❶ **羅生門**：位於平安京（京都）中央，南北走向朱雀大路南端。遺跡在東市附近。

❷ **市女笠**：用管編成，頂部突起的塗漆笠，原是市集之買賣市女所用，但平安中期以後，則成為上流婦女的外出用斗笠。

❸ **舊記**：指的是《今昔物語》這部作品。

惡臭，每到天色昏暗後，即令人毛骨悚然，沒有一個人願意涉足於此，或來到這兒附近。

取而代之的，是不知從何處來的許多烏鴉，白天所看到的，是一片無以數計的鴉群，圍繞著高巍的宮殿啼叫、飛翔，尤其是城門的上空，當紅霞撒滿天時一點一點芝麻般的鴉影，更是清晰可見。烏鴉，當然是爲了啄食城門上的死屍腐肉而來的。——但是，今天，或許是爲時已晚，竟不見半隻烏鴉的影子掠過，只是，在快要倒塌的城牆上，以及裂縫間長著雜草的石階上，處處可見點點的白色鴉糞。那傭人坐在共有七級石階的最上一級，屁股下還墊著一件褪了色的藍色夾襖❹，他一邊關心著右頰上那顆偌大的青春痘，一邊茫然地望著正在不停地下著的雨。

作者剛才雖說「傭人在躲雨」，但是，即使雨停了，傭人也不知道自己該身往何處，平時，當然是回主人家，可是，四、五天前，他就被主人解雇了。在前面提過的；當時京都的市區已是一片荒蕪，破爛衰微，現在這個傭人之所以被長年雇用的主人解雇，事實上，只不過是這種衰微下的一個小犧牲品罷了，因此與其說「傭人在躲雨」，倒不如說是「被雨所困的傭人，無處可去、前途茫茫……」來得恰當！而且，今天的天色，對於這個平安朝的傭僕的沮喪心境，也不無影響。從申刻開始下的雨，迄今仍沒停止的樣子。所以，傭僕目前最急迫的，便是如何解決明天的生活問題——也就是說，傭人一邊不得要領地思索著，該如何於一籌莫展中突破困境，一邊漫不經心地傾聽朱雀大路上的雨聲。

雨，蒙遮著羅生門，自遠處傳來密密沙沙的聲音。夜幕漸漸低垂，抬頭往上一看，層層晦暗的烏雲，正籠罩在斜出於城門屋頂的瓦尖上，壓得人們透不過氣來。

不過，說什麼要去突破一籌莫展的困境，實際上，他根本毫無選擇的餘地，倘眞要選擇，那也只有餓死在土牆下或道路旁而已，然後，像野狗被丟棄一般，被帶到這城門上來。倘若不擇手段——傭人經過了幾番的低徊思索，終於鑽到這牛角尖處。但是這個「倘若」的結局，永遠是「倘若」，傭人雖然肯定不擇手段是其唯一之路，但他卻提不出勇氣來積極地肯定「倘若」背後所隱藏的必定是「除非做賊」這個結果。

傭人打了一個大噴嚏，然後，懶洋洋地站起來。夜晚寒氣逼人的京都，已冷到需要燃起火爐的程度，風從門柱之間，帶著暮色毫不容情地刮起來，就連停留在塗有丹紅的圓柱上的蟋蟀，也不知飛到那裏去了。

那傭人縮縮頸子，拉高了罩在金黃色汗衫外的藍灰襖，環視了一下城門的周遭，因爲若能找到個既無風雨之患，又能避人眼目，且能舒服睡一覺的地方的話，他想睡個覺，先把今夜度過，再考慮其他的事。很幸運地，一張塗著丹紅，通往門樓上的寬梯，映入他的眼簾，上面縱使有人，橫豎也只有死人，於是，傭人一邊注意著腰際間所繫的聖柄大刀❺，以避免脫鞘，一邊將穿著草鞋的腳，跨上梯子的最下面一階。

幾分鐘後，通往羅生門樓上的寬梯子中段，一個男人，像貓一樣縮著身子，屏住氣息，

---

❹ **夾襖**：無袖、無襯裡的夾層上衣。

❺ **聖柄**：佛教的法具，柄狀呈三鈷型的劍。或指不附鮫皮之質地的刀柄，刀出鞘時，刀身會自然地脫鞘而出。

探頭窺視門樓上的究竟。從門樓上射出來的火光，微弱地映射在那個男人的右頰上，那是一張短鬚中，長著紅腫面皰的面頰。傭人起初斷定樓上有的只是死人，誰知在爬上兩三級梯子之後，竟然看到上面有火光，而且這火光似乎正右左移動著，他之所以能立刻發現火光在移動，是因爲那昏濁的火光，在到處佈滿蜘蛛網的天花板上搖晃著。會在這雨夜，且是在羅生門上點亮燈火的人，一定不是個尋常人物。

傭人像壁虎般地躡手躡腳，匍匐前進，好不容易來到了梯子的頂端，然後，一邊儘可能將身體下伏，一邊探出頸子，畏畏縮縮地窺視樓內。

一看，樓內與聽到的傳聞一樣，錯置著幾具被拋棄的殘骸，但因火花所及的範圍，意想不到地方狹小，無法看清到底有多少數目，於模模糊糊中，只知道有赤裸的屍體，亦有穿著衣物的屍體，當然，其中應該是男女雜陳。而且這些死屍，簡直令人不敢相信他們也曾經生爲人這一項事實，就像是土捏的泥偶，或是張口，或是伸長手臂，亂七八糟地佈滿地面，而且，在肩部或胸部等較高部分，映照著朦朦朧的火花，較低部分的陰影則更形黑暗，這種現象顯得像啞吧一樣，永遠地沉默。

傭人無法忍受腐爛屍骸的臭氣，不覺地用手掩鼻，但是，那一隻手，在轉眼間，就把掩鼻的事給忘了，因爲某種強烈的感情，幾乎完全掩蓋住這個男人的嗅覺。

此時，傭人的眼睛，第一次看到蹲在屍骸中的人。那是一個身著棗紅色衣服，又矮又瘦，頭髮斑白，像猿猴般的老太婆。這個老太婆右手拿著點著火的松木片，深深地凝視其中一具屍骸的面孔，依頭髮的長度來看，大概是一個女屍吧？

傭人帶著六分恐怖與四分好奇，剎那間連呼吸都忘記了。借用舊記的作者的話說，那是「毛骨悚然」的感覺。此時，老太婆將松木片插在地板之間，兩手開始去摸剛剛注視的那具女屍的頭，就好像母猴替小猴子抓虱子一般，一根一根地拔去那些頭髮。頭髮似乎是隨手便能拔下來似的。

隨著一根一根被拔下來的頭髮，傭人的恐懼之心也一點一點地減少，接著湧上心底的，是對這位老太婆逐次增加的嫌惡感——不，若說對此老太婆感到嫌惡，似乎仍有語病，毋寧說是對所有的惡所產生的反感，且這種感覺正在一分一分地增強之中。

此時，若有人重新問剛剛在門下的這個男人，你是選擇餓死，還是選擇做賊，傭人恐怕會毫不猶豫地選擇餓死吧！這個男人對於惡的憎恨，就像老太婆插在地板上的松木片一般，正熊熊地燃燒起來……

傭人當然不了解老太婆爲什麼要拔死人的頭髮，因此，照道理來說，應該無從知道是該將它歸於善或惡。但是，對這個傭人而言：在雨夜，又在此羅生門上，拔死人頭髮，這件事的本身，就是件罪不可赦的罪惡。當然，傭人早已忘記自己剛剛還想去做賊這件惡事了。

因此，傭人兩腳用力一蹬，冷不防地從梯子跳了上來，然後，一手握著聖柄大刀，大步地走向老太婆的面前，老太婆的驚愕，當然是不消說了。

老太婆一看到傭人，宛如強弩射出一般，驀地跳起來。

「喂！往那裏走？」

傭人擋住被死屍絆倒，卻又想落荒而逃的老太婆，這樣地喝罵著。即使如此，老太婆仍想推開傭人，逕行而去，傭人再度擋住她，並將她推回去，兩人在屍骸中……沉悶無語地相互扭打起來，但是，勝敗是打從開始便已知曉，傭人終於抓住老太婆的手腕，粗暴地將她扭倒。那是一隻像雞腳般，只剩皮包骨的手臂。

「做什麼？說！若是不說，就要妳好看！」

傭人推倒老太婆，刹那間，脫出大刀，將白色的鋼刀垂在老太婆的面前晃來晃去。但是，老太婆仍不作聲，兩手顫顫發抖，氣息急喘，眼睛睜得大大地，眼球似乎就要爆出眼眶，猶如啞吧一般執拗著沉默。看到這種現象的傭人，立即意識到這個老太婆的生死，全憑自己的意志支配，這種意識，使剛才強烈熾熱的嫌惡感，不覺間冷卻了下來。最後剩下的，只是圓滿地完成某事時，所獲得的得意與滿足罷了。

於是，傭人一面俯視著老太婆，一面緩和聲調地說：

「我不是檢舉處的官吏，只是一個路過門下的旅客，所以我不會逮捕妳，或對妳怎樣，只是，妳必須告訴我，此時此刻，妳在這城門上做什麼？」

於是，老太婆將眼睛睜得更大，往上凝視眼前這位傭人的面孔。眼眶發紅，像肉食鳥一樣，以銳利的眼光看著他。然後，由於皺紋，因此幾乎與鼻子貼在一起的嘴唇，彷彿咀嚼某物似地蠕動著，細小的喉嚨，看得出尖細的喉節也在動，此時，喉嚨發出了烏鴉啼叫般的聲音，細細碎碎地傳入傭人的耳中。

「拔這頭髮、拔這頭髮，是想用來做假頭髮的呀！」

傭人因老太婆的回答，是那麼出乎意料的平淡無奇，而感到萬分失望，而且，失望的同時，先前的嫌惡與冷峻的污蔑中也一齊湧上心頭，老太婆也意會出他的神色，一手仍抓著剛從屍骸上拔下來的頭髮，用青蛙鳴叫般的聲音，哀求地說：

「是的，拔死人的頭髮，或許是一件非常可惡的事，可是，躺在這裏的死人們，都是些罪有應得的人。剛才我拔她頭髮的那個女人，生前將蛇切成四截，曬成蛇乾，卻假稱魚乾，而帶到太刀帶的營區去賣，她若非染上疫疾死了，如今可能仍在幹這種勾當呢！太刀帶❻的人們，甚且還說這個女人賣的魚乾，味道特別鮮美，成爲每日不可或缺的菜肴哩！我並不認爲這個女人所做的算是壞事，不這麼做，就得餓死，此乃不得已。因此，我要說我今天做的也不算壞事，這也是逼不得已，否則就得餓死，如今，你已了解這個不得已的女人，也應該會寬恕我吧？」

老太婆激動地表達了自己的意思。

傭人將大刀入鞘，左手按住刀柄，冷漠地聽著這番話，其間，右手並不時地去摸弄他右頰上那顆又紅又腫的青春痘。但是，聽著聽著，傭人的心中，浮起一股勇氣，那是剛剛在城下的他，所缺少的勇氣。這勇氣又與剛上城樓來抓老太婆時的勇氣，完全迴異，傭人不再猶豫是要選擇餓死，還是做賊，以目前這個男人的心情而言，餓死這念頭根本不再列入考慮之內，而是被他逐出意識之外了。

「眞是如此嗎？」

---

❻ **太刀帶**：在侍奉皇太子的役所，守護春宮坊的官吏。

老太婆的話一說完，傭人即以嘲弄似的口吻反問，然後，向前跨出一步，右手不自覺地離開青春痘，抓起老太婆的胸襟，緊接著說：

「那麼說，我剝下妳的衣服，妳也不該懷恨於我，因爲我也是逼不得已，如果不這麼做，便會餓死的人啊！」

於是，傭人毫不猶豫地剝下老太婆的衣服，並將緊抱著自己的腳的老太婆，一腳踢倒在屍骸之上，傭人此時距梯口僅僅五步的距離，他匆匆地將剝下來的棗紅色衣服夾在腋下，迅速地爬下樓梯，瞬息間已消失在夜的盡頭了。

不久，如死般地倒在屍骸間的老太婆，赤裸裸地站了起來，發出如訴如泣的聲音，藉著仍在燃燒的火光，慢慢地走向樓梯，垂下短而斑白的頭髮，往城門下眺望，外面只是黑漆漆的夜。

誰也不知道傭人的去向……

竹林中

·編按：此小說即改編成電影《羅生門》的作品

《被檢察官盤問的樵夫的口供》

是的。發現那具屍體的，就是我。我今天早上和平常一樣，到了山後那邊砍柴。就在山陰的竹林中，看到那具死屍。——您說屍體的地點嗎？是從山村的驛路，可能隔著四、五町（一町約109公尺）那麼遠吧。就是竹林中，參雜瘦瘦細細的杉樹的，那個荒無人跡的地方。死屍穿淡藍色的獵衣，戴著京式烏紗帽，仰天倒臥在那邊。周遭竹子的落葉，就像染透了蘇枋似的❶。不，血已經不再流啦。傷口好像也是乾的。上面停一隻馬蠅，連我的腳步聲也不理，緊緊叮著那邊。

有沒有看見佩刀或什麼嗎？沒，什麼也沒有。只有在旁邊的杉樹枝，以及一條繩子。還有？——對對，除了繩子還有一把梳子。嗯？對，在屍體四周的，只有這兩樣東西。沒有別的了。不過，草和竹子的落葉卻有一大片被踐踏過的樣子，一定是那個男人被殺以前，做了很激烈地掙扎。——什麼？您說還有什麼馬嗎？那裏根本就不可能會有馬進

❶ **蘇枋**：蘇枋木的簡稱，汁可做紅色顏料。

去。——爲什麼？因爲馬路是隔著一道竹林的啊！

《被檢察官盤問的行腳僧的供詞》

那男人，我確實在昨天遇見過。昨天的——嗯！該是晌午時分吧。地點嗎？地點是從關山到山科的途中。那男人是和騎馬的女人一起，向著關山那頭的方向走的。女人的樣子嗎？因爲她垂著苧麻面紗，我看不清楚容貌。看見的只有外面紅褐色的衣裳顏色。馬是茶褐色的。您說有多高？高大約有——因爲我是出家修道的人，那些是不太清楚的。男人是——對，不但帶著佩刀，也攜著弓箭。尤其是箭筒裏，還插著二十來枝箭的。現在想起來，印象還是很清楚的。

那男人怎麼會落得這樣，眞是做夢都想不到，昨天還是活生生的，沒想到今天就成了這個模樣。唉！古說人生如朝露，眞是所言不虛啊！

唉！實在可憐！阿彌陀佛，罪過，罪過。

《被檢察官詢問的捕快的供詞》

您說我逮捕的男人嗎？我記得他是叫做什麼多襄丸的，是個有名的強盜。我逮住他時，他好像剛從馬上跌下來似的，在栗田口的石橋上，咿咿唔唔地呻吟著。——您問時刻嗎？時刻大約是昨晚的初更時分。以前我差點抓住他的時候，他也是穿這種天青色的獵衣，佩著刻花的大刀。現在，如您看見的，還佩著弓箭之類的東西。哦？是那樣嗎？那死屍的男人帶的也是——那麼，幹殺人勾當的，一定是這個多襄丸。包著皮的弓，黑漆的箭筒，鷹羽的戰箭十七枝——這些都是那男人所帶的東西吧。是的，馬也是如您所說的，是茶褐色的。會被那畜牲摔下來，想必定有什麼緣故吧。對，牠當時在石橋前面的地方，拖著長長的韁繩，吃著路旁的蘆葦呢！

多襄丸這傢伙是盤桓在洛中一帶的盜賊裏，最好色的。去年在秋鳥部寺後山，曾經有一個來參拜的婦人和女孩一起被殺，聽說就是這傢伙幹的。如果是這傢伙殺掉那男人的話，那——坐在馬上的那女人的下落可就有問題了，也許也會遭到他的毒手呢！這雖是猜測的情況，但請您也一併追究吧！

《被檢察官查詢的老媼的供詞》

是的。那屍體就是我女婿。但，他不是京畿的人，他是若狹縣府的武士。他的名字是金澤武弘。年齡嗎？年齡是二十六歲。不，他的性情溫和，不會和人家結什麼怨仇的。

您說我女兒嗎？女兒叫眞砂，今年十九。不，她雖是個倔強的人，但是，除了武弘之外，從沒有過其他的男人。嗯？她臉色是淺黑的，小瓜子臉，左眼角有顆痣。

武弘昨天是和眞砂一起，動身往若狹去的，想不到，竟變成這樣，眞不知道是什麼原因。……但是，女兒到底怎樣了呢？就算女婿死了，女兒也該有個交代。難道……這是我最不安的（哭喪著臉）。大人，我這個老太婆拜託您，就是翻開草皮，也要請您打聽出女兒的行蹤來。……嗚……！

說來說去，最可恨的是那個叫做多襄丸什麼的強盜，不但把女婿，連女兒也……（以後泣不成聲了）

《強盜多襄丸的自白書》

殺掉那男人的就是我。但，我沒殺女人。你問我：她到那裏去了嗎？我也不知道呀！唔——等等，無論怎麼拷問我，不知道的事總不能說吧。再說，既然我落到你們手裏，也沒打算要膽小鬼似的推拖什麼。反正，橫豎一條命，沒必要隱瞞什麼啦！

我在昨天晌午過後，碰到那對夫婦。那時，風一呼，苧麻面紗往上揚起之間，一閃一閃地看到了女人的臉。一閃——好像看見的瞬間，便已經不見了。也許就是因爲這樣子，在我看來，那個女人的臉，就像女菩薩似的。就在那一瞬間，我下了決心，即使殺掉男人，也要搶到那女人。

什麼，要殺掉那男人，並不像你們所想的，沒什麼大不了的。反正，要搶女人，一定要殺掉男人的。只不過，我要殺的話，是用腰邊的大刀。而你們，你們不使用大刀，只用權力來殺。用金錢來殺，說不定，只用假公濟私的話就可以殺的吧。的確，是不流血的，男人是好好地活著——但那樣也是殺了的。一想到罪孽的深重，是你們可惡呢，還是我可惡呢。眞不知道到底誰才可惡哩（嘲謔的微笑）。

但是，如果能不殺男人而搶到女人，也沒有什麼關係。不，我那時的心情是盡量不要殺男人而搶女人的。可是，在驛站路上，那是怎樣也辦不到的事，所以，我就想辦法把那對夫婦帶進山中去。

這是再簡單不過的事！我只對他們說：那邊山上有一座古墓，我掘開這個古墓一看，出現了許多鏡子和大刀，我秘密的把那些埋在山陰的竹林中，假如有人要，願意廉價出售。那男人被我的話打動了。然後——怎樣，慾望這東西，不是很可怕嗎？然後？然後那對夫婦就和我一起往山裏走進來了。

我一走到竹林前，便說：寶物就埋在這裏面，請進來看。那男人已爲慾望饑渴著，自然不會有異議了。那女人卻不下馬，說要在外面等著。這也難怪，看著那竹林茂密陰森的樣子，當然會不肯下馬。老實說，這正中我下懷。所以就留下女的，和男人走進了竹林。

竹林中暫時只有竹子，可是，約莫走過半町的地方，有稍微寬闊的杉樹叢——要完成我的工作，再沒有比這裏更適當的地方了。我推開竹子，指著杉樹，煞有介事地扯謊稱：寶物就埋在杉樹下。男人經我這麼一講，立刻向杉木的空隙地方，拼命地前進著。不久，竹子變得疏落，有幾棵杉樹並立著——我一到那裏，立刻把對方推倒在地。那男人不愧是個佩刀的武士，雖然他拼命反擊，可是由於突然間被我攻擊，也就挺不起來啦。一下子就被我捆綁在一株杉樹下啦。你說繩子嗎？繩子是我們這行的恩物，不知道什麼時候要用來翻牆的，所以老早就帶在腰邊啦。當然，當然，要使他不叫出聲，只要把竹子的落葉塞滿嘴巴，別的也就沒有麻煩了。

我把男人收拾妥當，又跑去女人那邊說，她的男人好像發急病，要她來看看。不用說，女人就乖乖地讓我牽著手，向竹林裏邊走來。可是到那裏一看，男人被綁在杉樹下——女人一看見這光景，不知怎樣地掏出一把小刀。一直到現在，我沒見過一個像她那樣個性強烈的女人。如果那時疏於戒備，可能一下子小腹就被戳穿了。不，即使躲開身子，那麼接二連三地被砍，也不知要受什麼傷的。但，我是多襄丸，赫赫有名的多襄丸，好歹不用拔大刀，也能應付，終於，我把小刀打落了。不管怎樣剛強的女人，沒武器就沒法子，我終於如願以償地，不必要男人的命，就佔有了女人。

不必要男人的命——是的，我沒有再把男人殺掉的念頭。然而，當我撇下哭泣著的女人想逃出竹林的時候，女人突然發瘋似地扯住我的胳膊，斷斷續續喊叫著：你死掉或是丈夫死掉，讓兩人中死一個吧！要不然讓兩個男人看著恥辱，實在比死還痛苦啊！不，我要嫁給留下來的男人——她邊喘邊說著。我在那時猛然湧起要殺掉男人的念頭（陰鬱的興奮）。

這麼一說，你們一定會以爲我是很殘酷的人吧。但，那是因爲你沒有看見那女人的臉，尤其沒看見在那一瞬間好像燃燒著似的眼睛才會那麼想的。當我和女人的眼光相遇，我就像中了邪一樣，突然冒出一個想法：即使被天打雷劈，我也要這個女人做妻子。做妻子——在我的念頭中，只有這一件事。這不是你們所想像的，卑鄙的色慾。假如除了色慾之外，沒有什麼希望的話，我會立刻逃走的。要逃走是很容易的，祇要踢倒女人就成了。這麼一來，男人也就不必在我刀上染血了。但，在昏暗的竹林中凝視著女人的眼睛的刹那，我就決心要留下來，殺掉男人，絕不離開這兒了。

但，我要殺那男人，是不願用卑鄙的殺法的。我把他的繩子解開後，叫他來對決。（扔在杉樹下的，便是那時忘掉的繩子）。說時遲，那時快，他一鬆繩子，立刻鐵青著臉，

「匡」地一聲抽出大刀，憤憤然向我砍過來。——決鬥的結果，不用再說了。我的大刀在第二十三回合時，刺穿了對方的胸膛。在第二十三回合——請別忘記這個，我到現在還認為，這是值得佩服的，能跟我交上二十回合的，全天下祇有那個男人而已（高興的微笑著）。

我在男人仆倒時，提著染血的刀，回頭去看女人。但是——怎樣呢？那女人已經不知去向了，我想著女人會逃向那裏呢？一面搜索杉樹叢。可是，地上竹子的落葉，可不會留一點兒痕跡。就是側耳傾聽，也只聽到那男人喉嚨裏發著奄奄一息的聲音。

說不定那女人在我們一開始決鬥時，就鑽出竹林逃了，說不定已經去叫人來救助了——我這麼一想，這一下子跟自己的生命攸關，不快逃可就慘了，奪了大刀和弓箭，馬上走出原來的小路。那裏，女人的馬還靜靜地在吃草。那以後的事，說來不過是浪費口舌。我在京畿之前，只賣掉了大刀——我的自白只有這樣。反正，我這顆頭總有一天掛在苦楝樹梢的❷，那麼請處以極刑吧（態度昂然）。

《來到清水寺的女人的懺悔》

——那個穿天青色獵衣的男人，把我凌辱了以後，瞟著被綁著的丈夫，嘲謔似地笑著。我不知丈夫是多麼地不甘心呀。但，儘管掙扎，綑在身上的繩結，只是緊緊的嵌入肉中。我不由得向丈夫翻滾一般地跑過去。不，是想要跑過去。但是，男人猛地把我踢倒在那裏。恰好

---

❷ **苦楝樹**：日本古時候牢獄的大門口都會種苦楝樹，挨犯人判刑確定，就會用此樹來執行絞刑。

這時，我發現丈夫的眼中射出一種無法形容的光輝。——我一想起那眼神，到現在還是會渾身顫抖，冷汗直冒。連一句話也不能說的丈夫在剎那的眼光裏，表達了一切心意。可是閃在那裏的，不是憤怒，也不是悲哀，而是厭惡——可不是，只有輕蔑我的，冷冷的眼光。與其說我被那男人踢倒，不如說是被那眼色擊倒似的，不由得大叫起來，終於昏厥了過去。

等我醒來一看，那穿著天青色獵衣的男人早已不知去向了。只剩被綁在杉樹上的丈夫。我在竹子的落葉上，好不容易才撐起身子，注視丈夫的面孔。但，丈夫的眼色和剛才一樣，一點都沒變，仍然在冷冽的蔑視的深淵裏，露著憎恨。羞恥、悲哀、憤懣——我不知怎樣說出當時的心情。我蹣跚地站起來，靠近丈夫的旁邊。

『我落得這樣子，再也不能和您在一起了。我，我決心要一死了之。但——但，請您也死吧。您看了我的恥辱。我不能這樣只留您一人。』

我拼命地說完了這些話。然而，丈夫還是厭惡地，只是凝望著我。我勉強壓抑著破裂的心，尋找丈夫的大刀，但，可能是被那強盜搶去的樣子，在竹林中，甭說大刀，連弓箭也找不到了。幸虧有小刀掉在我的腳旁。我拾起那小刀，再一次對丈夫說：

『那麼就讓我要您的命吧，我馬上也要跟著去的。』

丈夫聽見這句話時，動了動嘴唇，當然他的嘴巴因爲塞滿竹葉，一點兒也聽不見聲音。但，我一看見它，立刻領悟他的意思。丈夫是在輕蔑地對我說：『殺吧！』

我幾乎在如夢似幻的情形下，對著丈夫的胸膛，「噗嘶」猛地用小刀戳了它。

之後，我又在這時候失去知覺。等我回過神，環顧四周時，丈夫就那麼被綑綁著，早已斷了氣息。在那蒼白的臉上，從混雜著的竹子的杉林叢中的天空，有一縷落日的餘暉映照著。我吞著哭聲，解掉了死屍的繩子。然後——您說我怎麼樣嗎？我已經沒有力量回答那個問題。總之，無論如何也沒法死掉。或者把小刀豎在脖子上，或者投入山腳的池塘，嘗試著各種方式，可是，這麼死不了的話，這也沒有什麼可以自誇的啦（寂然的微笑）！像我這種不中用的人，恐怕連大慈大悲的觀音菩薩都拋棄了我。可是殺了丈夫的我，遭受強盜凌辱的我，到底怎麼樣才好呢？到底我是——我是——（究然劇烈的啜泣……）

《鬼魂的話（藉巫女之口傳達出）》

——強盜凌辱了妻子以後，就坐在那裏，這樣那樣的安慰起妻子來。我自然不能說話。身子也被綑在杉樹上。那時候，我幾次對著妻子使眼色：別把這男人說的事當眞，說什麼也要當它是謊話——我想把這種意思傳達給她。可是，妻子卻悄然地坐在竹子的落葉上，低垂著頭，眼睛一直盯著膝蓋，好像在傾聽著強盜的話。我被嫉妒折騰得腸子都絞痛起來。但，強盜仍舊一步步地，巧妙地進行著談話。『既然已經失貞一次，和丈夫就不會融洽了，與其跟隨那種丈夫，不如做我的妻子，妳看怎麼樣？我就是因爲愛你，才會做出這種無法無天的事情啊！』——強盜竟膽大包天地搬出這種話來。

我緊張地盯著妻子，深怕她會想不開。可是，聽到強盜這樣講之後，她非但沒有惱怒的神情，反而抬起頭出神地看著強盜，臉上煥發著一種前所未有的光彩。我從未看見妻比那時更美麗過。美麗的妻子當著被綁著的我的前面，對強盜說了什麼呢？即使我現在躺在陰間，只要一想起妻子的回答，就禁不住要憎恨地爬起來，狠狠地給她一刀。妻子她確實是這麼說的——『那麼，帶我走吧！帶我去任何地方都好！』（長長的沈默……）

妻子的罪不僅是這樣。如果只有這樣，我也不會像現在這麼痛苦。當她被強盜牽著手要走出竹林外時，忽然臉色大變，指著我說：『請殺掉那個人，只要那個人活著，我就不能和你在一起。』——這句話像颱風，即使現在也會把我吹得倒地，吹到遠遠的幽暗的深淵裡去。你想像得到嗎？這樣可憎的話，會從人類的嘴巴裏說出來嗎？這麼可惡的話！會進入人的耳朵？你想得到嗎？——（突然迸裂出嘲笑）聽到這句話時，連強盜也駭然起來。『請殺掉那個人。』——妻子這麼喊叫著，同時攀著強盜的臂膀。強盜盯著妻子望，不回答殺不殺——就在這一瞬間，強盜一踢，便把妻子踢倒在竹子的落葉上。

強盜靜靜地抱著雙手，看著我的面容說：『這女的要怎麼樣發落？殺掉還是放她一馬？祇要點頭就可以了。要殺嗎？』——祇為這句話，我也願意放過強盜的。（再一次長長的歎息和沉默……）

妻子在我躊躇的時候，喊叫了一聲，一下子就跑向竹林那邊，強盜也在瞬間撲了上去，可是，連袖子都沒抓住。我祇如夢似幻地望著這一切。

強盜在妻子逃走後，拿掉我的弓箭和大刀，將我的繩子割斷一處。『這次輪到我身上啦。』——我記得強盜走向竹林外面要躲藏起來時，這麼自言自語著。以後到處都是靜悄悄地。不，還有哭泣的聲音。不知是誰在哭泣著。我一邊解開繩索，一邊傾聽著。但，我陡然發覺，那聲音好熟，可不就是我自己哭泣的聲音嗎？（第三次長長的沉默……）

我勉強從樹下，撐起累透了的身體。在我面前，閃著光的一把小刀，正對著我眨眼。我緩緩拿起它，用力地一刺，戳進自己的胸膛。一種血腥的東西湧上我的口中。可是，毫無痛苦的感覺，只有胸部變冷時，周遭變得更寂然。啊，是多麼寂靜啊！這山陰的竹林裏，沒有一隻小鳥來鳴囀。只有在杉樹和竹子的梢頭，綴著寂寥的陽光——連陽光也漸漸淡薄。杉樹和竹子已漸漸看不清了。我倒臥在那裏，被深深的靜寂包圍著。

這時有人躡手躡腳地來到我身旁，是誰呢？我想轉頭看那邊。但，我的四周，不知何時籠罩著薄暮。誰呢？——那個誰也看不清的手，悄悄地拔去我胸上的小刀，同時，我的口中，又一次溢出了血潮。從那時候起，我永遠沈入陰間的黑暗中了……

龍

1

守治的大納言隆國❶說：「午覺醒來一瞧，今天好像特別的熱，連吹動松枝藤花的微風也沒有，平時清新可聞的泉聲，也爲蟬聲所掩蓋，聽來反覺更燠熱不堪，嗳！再叫童子們來打扇吧！」

「什麼？來往的行人已聚集起來了？那麼！就到那邊去看看吧！童子們，可別忘了跟在後面打大團扇。」

「啊！各位，我就是隆國，未著上衣，請莫見怪。」

「今天有事要拜託大家，所以特地請你們來到這宇治亭，最近我偶過這裏，忽然萌生了一個主意，想要製作一本記載故事的集子，但是，仔細想想之後，在我的心裏根本不知道值得記載的事，雖想下一番工夫，但像我這樣懶散成性的人，實在也提不起勁來！因此，想請

---

❶ **守治大納言隆國**：曾經擔任源隆國（一〇〇四～一〇七七）的官職，晚年歸隱於宇治，因而稱宇治大納言，著有說話集《宇治大納言物語》，亦有說其為《今昔物語》的異名。

各位一一敘述每一個値得記載的古今傳聞，以編纂成冊，如此一來，長年累月，久居宮內的我，也一定可以從四面八方，聽到如車載斗量般衆多的，令人無法想像的奇聞軼事，雖說勞煩各位，相信各位會讓我如願以償吧！」

「什麼，大家可以了卻我的心願？啊——那眞是太好了，那麼就趕快按照順序，一一地說給我聽吧！」

「童子們，趕快扇起大團扇吧！以使滿座通風舒爽，不然至少也可以稍減暑熱吧！鐵匠、陶瓷匠、兩位請勿客氣，逕自到桌邊來吧！賣魚女，那兒會曬到太陽，桶子就放在角落好了！法師也請卸下金鼓，如何呢？侍者與修行僧那兒，也有舖上竹蓆吧！」

「可以了嗎？若大家準備就緒，首先就請這位年邁的製陶翁，老先生先來天南地北地敘述一番吧！」

2

製陶翁說：「啊！這、這太客氣了，要將微賤如我所說的話，一一編載——僅僅如此，就教我承受不起，惶恐萬分了。但，若辭而不說，反而有違您的盛意。所以，我先行請罪，再來說個微不足道的故事吧！儘管沈悶無聊，也請各位暫時傾耳。

「我們都還年輕的時候，奈良有個藏人得業惠印❷，他是一個鼻子大得離譜的法師，而且，他的鼻尖，像是被蜜蜂叮到似的，經年累月，總是紅得驚人！因此，奈良市的人們，給他取了個渾號叫鼻藏——本來是叫『大鼻子藏人得業惠印法師』，但因爲這種叫法太冗長了，不久，大家就都改叫為『鼻藏人』了，過了一段時日，大家還是認為太長了，所以『鼻藏』、『鼻長』，也就在人們的口中叫開來了。當時，我也曾在奈良的興福寺內，看過他一、兩次，也難怪大家要譏嘲他叫「鼻藏」，原來真有個好看而發紅的天狗鼻。

「這個鼻藏、鼻藏人、大鼻子藏人得業的惠印法師，某天夜晚，未帶弟子，獨自一人走到猿澤池邊，在采女柳❸前的堤上，高高地插上一支木簽（告示牌），上面以粗寬的筆跡寫著：**『三月三日龍自此池昇天』**。

實際上，惠印本身也不知道這猿澤池內是否住有龍，何況三月三日龍要昇天這件事，根本就是他信口開河的話，不，真確地說，應該說是沒有龍要昇天。那麼，他為什麼要說這種謊呢？因為惠印發現近來無論在何時何地，都可聽到僧俗們在嘲笑自己的鼻子，心中甚覺不平，因此想狠狠地整他們一頓，以還譏他人，所以才採取這種惡作劇。各位聽來，想必認為是一樁笑話，但無論如何，這是以前的故事，當時，這類惡作劇，可說是稀鬆平常的事。

「翌日，第一個看到這支木簽的，是每天早上定時來膜拜如來佛的一位老太婆，她掛著念珠的手上，拄著一根拐杖，一步拐一步地來到朝露未乾的池邊，看見采女柳下豎著一支以

---

❷ **藏人得業惠印**：此作品之素材是於《宇治拾遺物語》卷一一之六，藏人乃俗稱的官名，得業乃僧之學級。

❸ **采女柳**：采女，古代諸國朝貢朝廷，隨侍於天皇近側的女官。傳說天平時期，其中一人因失寵而悲傷，於是從栽種此柳之處，葬身於猿澤池。

前未曾見過的木簽，心中不解，做法事的木簽怎麼會釘在這裡，目不識丁的她，雖感納悶，也只好像往常一樣，徐行通過，此時，正巧打從對面來了個著袈裟的法師，於是委託他唸一遍給她聽，原來是『三月三日龍自此池昇天』——無論是誰，聽到這話恐怕都會吃一驚吧！這個老太婆也嚇呆了，久久不能動彈，然後，把腰一伸，納悶地問：『這池裡眞有龍嗎？』法師倒是心神篤定，像傳法似地說：『以前，在中國的唐朝，有位學者眉上長瘤，癢不可耐，一天，天空突然烏雲密佈，雷雨傾盆而下，刹那間，眉瘤破裂，從中飛出一條黑龍，直衝雲天。瘤中甚且有龍，何況是這池底呢？說不定就蟠踞有幾十條蛟龍毒蛇呢！』平日即相信出家人不打誑語的老太婆，聽了這話，膽顫地說：『既然有這回事，也難怪那邊的水色，看起來特別奇怪！』心底卻想著，應該趁三月三日之前離開這裡，接著，口中喃喃地唸著佛語，連拐杖也不拄，就匆匆忙忙地逃離了。這時，若不是後面有人，法師一定會捧腹大笑——這也難怪！原來這位法師就是那位惡作劇的得業惠印、渾名鼻藏的法師，他想昨晚釘的木簽，或許已有魚兒上鉤，所以特地走到池邊來瞧一瞧自己的傑作。老太婆走後，一個早起趕路、身著垂衣❹、身旁帶著扛行李之僕人的婦女，也自高頂斗笠下讀著木簽，於是惠印拚命忍住笑，裝做若無其事，且愼重地站在自己豎立的木簽前，唸著那些字，那大而且紅的鼻子，不時地發出奇異的怪聲，最後才慢慢地踱回興福寺。

「來到興福寺的南大門前，意外地碰到住在同坊的惠門法師，他一看到惠門，稍歛一下倔強的眉頭，說道：『眞難得，這麼早起，莫非是要變天了？』惠印心中暗暗得意，又故做莊重地說：『或許眞的要變天了！你沒聽說猿澤池在三月三日有龍要昇天嗎？』惠門聽了，心中懷疑，瞟睨惠印一眼，隨即冷笑道：『你夢見好夢了，聽說夢到龍昇天等，是表示好預兆』然後搖著禿頭，想要離開，惠印卻自言自語地說：「無緣衆生難度！唉！」聲音雖低，旁人仍可聽見，惠門駐足轉頭，一副勉強憎厭的樣子，並以宛如鬥法的態度問：『你說龍要昇天，可有什麼証據？』惠印故意悠哉悠哉地，指向旭日的猿澤池那邊說道：『你若懷疑貧僧的話，不妨去看一看豎立在采女柳前的木簽。』如此一來，就連頑倨的惠門，也略感鋒芒乍挫，目眩神暈地說：『啊！豎有這樣的木簽嗎？』有氣無力地說完這句話後，就一步一步地走開了，這回他低垂著和尚頭，彷彿在思考什麼事一般。鼻藏人觀察出這番景象，大爲得意，竊笑不已，大搖大擺地走向南大門，或許是紅鼻內癢不可耐，在走上石階時，竟忍不住地大笑出來。

「光是一天早上，這支『三月三日龍自此池昇天』的木簽，就有如此不可思議的效果，過了一兩天，整個奈良市，無論走到何處，都會聽到人們在談論龍要昇天這件傳聞，其中縱或有人說：『或許是誰在惡作劇吧？』但這時京都的神泉苑也有龍昇天的傳聞，就憑這點儘管心中半信半疑的人，也不敢完全否定這件事。接著又發生了一件不可思議的事：春日社社長的一個女兒，年齡只有九歲，在那傳聞之後不到十天，某夜趴在母親的膝上睡著時，竟夢見天上一隻黑龍如雲般下降，並模仿人話對她說：『我將在三月三日昇天，但絕不會危害奈良市的居民，請放心。』女兒醒後，立刻將這些話告訴母親，因此，猿澤池的龍托夢這回

❹ **垂衣**：婦人外出時，垂於立女笠四周的長薄布。苧麻的垂衣。

事，轉瞬間，又在市中傳開了。如此一來，謠言也愈來愈誇張，或說稚兒憑龍附身而詠歌，或說龍請巫女代爲傳話，宛如猿澤池的龍已經探出龍頭一般，騷動一時。不，或許龍頭未出，但有個男人說他親眼看過龍身，這是每天早上到市場去賣河魚的一位老人說的，某天，天色尚未明，他經過猿澤池，那豎著木簽的采女柳前的堤岸下，漫漫蕩漾黎明前的水色，看過去，一片金光閃閃，此時正是龍之傳言滿天飛的時刻，所以心想：『或許是龍要出現了吧？』又驚又喜，全身渾然顫抖，放下魚擔，赤足悄悄挨近，攀緊采女柳，探頭窺視池底。只見金光閃亮的水底，似乎蜷伏著黑鍊鎖般不知名的怪物，蟠踞不動，驀然間，或許是聽到人聲而受驚，匆匆地蜷開身體，眼看著池面水紋脈脈，不一會工夫，即不見怪物的身影，全然不知去向。老人嚇得全身冒汗，回到放魚擔的地方一看，不知何時，要扛去賣的二十條鯉魚鯽魚，全部消失不見了，有人笑他：『大概是被水獺給騙了。』但是，有更多的人認爲：『龍王鎮守的池底，怎會有水獺棲息，一定是龍王憐惜這些魚兒們的生命，特地將牠們召回自己棲住的池中。』

「在另一方面，鼻藏惠印法師由於自己假造的『三月三日龍自此池昇天』的木簽哄騙了許多人，正嗤鼻而洋洋得意。再過四、五天就是三月三日，令他吃驚的，是原在攝津國的櫻井當尼姑的姨媽，也老遠地跑到猿澤池來，想看看龍昇天。惠印對此事感到相當困擾，連哄帶騙，用盡各種方法，想請他的姨媽回櫻井去，但他的姨媽卻剛毅地堅持著說：『我這麼大把歲數了，若是能會見龍王一眼，就算死也情願！』對於外甥的勸言，全不採納。到此地步，惠印又不能承認說那椿木簽是自己在惡作劇，最後只好屈服，答應留她住到三月三日，並約定當天一起到池邊看龍昇天。他想，連當尼姑的姨媽都聽到這件傳聞，大和本國自不待言，恐怕攝津國、和泉國、河內國、乃至於播磨國、山城國、近江國、丹波國等地，也都風聲滿城了吧！也就是說，本只想騙騙奈良老少的惡作劇，想不到，竟連各國各地方幾萬個素不相識的人，也被他騙得團團轉。惠印他這麼一想，非但不覺得有何可笑之處，反而開始擔心害怕了，早晚帶他的姨媽到處參觀奈良的寺廟時，總是四處窺看，像是逃避審判官的犯人似的，心中忐忑不安。但是，偶爾聽到路過的人說，最近有許多人到木簽前供奉香花鮮果等事，儘管心中不安，卻又自認立了大功勞般，因而沾沾自喜。

「日子一天一天地過去，龍要昇天的三月三日終於到了。惠印先前既與姨媽約定，如今當然更難推託，只好勉爲其難地伴著尼姑姨媽，來到一眼就可瞧見猿澤池的興福寺南大門的石階上。恰巧那天晴空萬里，連弄響風鈴的微風，也絲毫沒有吹動的樣子。儘管如此，好不容易等到今天要看熱鬧的人，除了奈良市民外，河內、河泉、攝津、播磨、山城、近江、丹波等國的人，還是不辭勞苦地從四面八方擁向猿澤池。站在石階上眺望，眼力所及之處，無論東西，皆是一片茫茫人海，直到雲霞掩映的兩條大路上，也只見帽海波動。最後是到處排置的牛車擋住了人潮，牛車棚有藍色絲色線織造的，也有紅色絲線或白檀木皮織造的，棚頂上點綴金銀等器具，在春日的照射下，顯得格外的燦爛奪目，除此之外，有撐陽傘的，有搭棚的，也有沿路搭台的人——眼下池邊的景況，猶如加茂節祭典一般。見此景象的惠印，做夢也想不到，光是豎立根木簽，就能造成如此大的騷動，恍惚間，有氣無力地轉向姨媽說：『哇！人怎麼這麼多！』今天，就算是他，也毫無心情弄響他的大鼻子了，只是無精打采地蹲在南大門的柱根下。

「可是尼姑姨媽，並不了解惠印的心事，只是一味地伸長頸子，到處張望，並且向著惠印說：『龍神棲息的神地，景色果然不凡，既然有這麼多人到此處觀賞，想必龍神一定會現形罷！』惠印聽到這話，總不能老是蹲在柱根下，於是伸伸腰，勉強起身眺望，卻只見一片帽海，惠門法師也擠在當中，一如往常，光著禿頭，目不轉睛地高眺水池那邊，此時，惠印突然忘記剛才沮喪的心情，獨自暗笑連這個老傢伙也受騙了，接著叫了一聲：『師父』，並嘲弄地說：『師父也來瞻看龍昇天啊！』惠明法師裝模作樣地回頭，一本正經的表情說：『是啊！可眞難得啊！』眉毛一動也不動地。惠印卻想：這玩笑還眞管用，未免太靈驗了吧！——只是話到喉頭，還得呑回去，眞是無奈，於是心情又一路下沈，重新回復到方才的不安神色，茫茫然地俯視人海洶湧的猿澤池。堤上的櫻樹、柳條，靜靜地、鮮明地倒映在波光粼粼的水面上，人們等著等著，卻絲毫不見龍欲昇天的氣象。往日寬廣的猿澤池，今日看來特別狹小，這或許是方圓數里，擠滿看熱鬧的人所致吧！所以，若再說此處有龍昇天，簡直就是無稽之談了。

「但是，人們似乎不知時間已一分一秒地過去，全部屏氣凝神，毫無怨言地等待龍神的出現。門下的人潮愈來愈洶湧，頃刻間，牛車數量又增加許多，有些地方，甚至車軸互相擠撞。見此景象的惠印，其心情之難堪，只要瞧瞧面前的情景，便可知一二了。問題是妙事發生了，不知何故，惠印的心裡也覺得好像有龍要昇天——說不定眞有龍昇天——惠印本是豎立木簽的人，不該有此糊塗的想法的，然而，眼前帽海波動，就像眞的發生奇蹟似的。這是瞻仰者的心情，搖動惠印的心緒？還是因爲此一木簽所引起的大騷動，令他不安，轉而產生人云亦云的念頭——要是眞有龍昇天，那該多好。此刻，姑且不論這點疑問。倒是豎立木簽的惠印本身，也漸漸地好奇起來了，不再覺得沮喪無聊，反而興致勃勃地陪著尼姑姨媽，一同眺望池面。若不是此一念頭的浮現，就算是勉爲其難，恐怕誰也不願意一整天站在南大門之下，就爲了等那毫無影蹤的龍身。

「然而，猿澤池面依然風平浪靜，未見絲毫的漣漪，只見春光返照，天空萬里無雲，瞻仰著一簇又一簇，一重又一重地站在傘下、棚下、棧臺欄干的後面，從早晨到正午，從正午到黃昏，已經忘記時光的流轉，而忘情於龍神的出現了。

「惠印至此，也已約莫過了半天的光影，驀然，天空出現一縷線香的煙雲，瞧著瞧著，漸擴漸廣，先前的晴天碧空，須臾間，變得黯淡無光，同時，一陣風颯颯吹來，吹落在明鏡般的猿澤池上，水面頓時波濤萬頃，瞻仰者雖早已做好心理準備，仍不免慌張，連喊：『那個、那個』的時間都沒有，傾盆般大雨，就打落在他們身上了。雷聲震天，盈耳貫入，閃電殛殛，穿梭不絕，不由令人膽顫心驚，它們一度劃破鑰匙狀的雲堆，勢如破竹，捲起千堆雪，狀如水柱。剎那間，朦朧的水霧雲煙之中，一條金爪閃閃，長數十丈的黑龍，在惠印的眼前一字划開，騰空而去。然而，此景轉瞬即滅，徒留風雨瀰漫，在雷雨閃光之下，一片人潮，就像池中的水瀾一樣洶湧。

「不久，雨停了，晴空撥開烏雲。惠印的神情，彷彿忘記了自己的大鼻子似的，四處來回地張望，心想，剛才的龍身，恐怕是眼花的緣故吧！自己是豎立木簽的人，明知不可能有龍昇天這回事，卻又爲何景象是如此眞確呢？愈想心結愈無法解開，於是就地扶起坐在柱旁，已然如死人般的姨媽，赧然而膽怯的問：『看到龍神了嗎？』姨媽吐氣大歎，久久不能言語，只是連連點頭，一副受驚嚇的樣子，過了一會，方才發抖地說：『看見了！看見了！是金爪閃閃，全身皆黑的龍。』如此看來，龍的昇天，是眞有其事，不單是得業惠印的眼花囉！不！根據日後人們的說法，當日在場的男女老少，大都看到了雲中黑龍昇天的身影。

「事後，惠印常利用機會告訴人們，木籤實際上是他個人的惡作劇，但是，無論是惠門，或其他同門法師，沒有一個願意相信他的話。那麼，那支木籤把戲究竟是說中了？還是沒說中呢？這問題恐怕連鼻藏人得業惠印法師，也無言以對吧！……」

3

宇治大納言隆國道：「這的確是奇譚，以前猿澤池裏眞有龍吧！——什麼？你說你不知道到底有沒有龍？不，以前一定有龍棲息，古時的人都是這麼認爲的，自然龍也就飛行於天地之間，並且不時出現奇蹟。啊！不要再與我饒舌了，咱們來聽聽其他的故事吧！下一位輪到雲遊和尚了。」

「什麼！你要講的故事是池尾的禪智內供那個長鼻子和尚嗎？這故事接在鼻藏人之後，更是有趣！那麼！快說吧！」

鼻

提起禪智內供的鼻子，池尾一帶是無人不知，沒人不曉的。長度從上唇到下巴的下面，約有五、六寸長；形狀是鼻根與鼻尖一樣粗，猶如細長的臘腸一般，垂掛在臉孔的正中央。

年過五十的內供，從昔日的小沙彌❶至今日升遷到內道場供奉❷之職，內心始終爲這個鼻子所苦。當然，即使現在，他表面上依然裝得毫不在乎。這不僅是因爲自己身爲僧侶，應該專心渴求將來的淨土，而不該總是將心惦念著鼻子，更是不願讓人知道自己的內心懸著鼻子這回事。內供於日常的談話中，最怕的就是提起鼻子這個話題。

內供之所以爲鼻子苦惱的理由有二：一是實際的生活問題，因爲長鼻帶來太多的不便，尤其是吃飯時，若無人幫忙，一個人吃，鼻尖便會碰到飯粒，於是，每當內供用膳時，總得要一個徒弟坐在飯桌對面，手持寬一寸長二尺的木板，幫他托起下垂的鼻子。但是，這種吃飯方式，無論是對持板的弟子，或被持托起的內供，都不是件輕鬆的事。有一次，一個小童

---

❶ **小沙彌**：出家受戒的少年僧。

❷ **內道場供奉**：內道場是宮中修佛事之處，供奉是內供奉之路，是侍奉於內道場的智德雙備之僧，共任用十名。

子來取代這個徒弟，突然，打了個噴嚏，就在手顫動的同時，內供的鼻子猛然掉入熱粥中，這個故事曾在當時的京都引起軒然大波。——然而，這決不是內供爲鼻子所苦的絕對理由，實際上，內供是因爲鼻子傷害了他的自尊心而苦惱。

池尾的人們慶幸內供是個僧侶，而非一般民衆，因爲有那一個女人，願意嫁給長有這種鼻子的人爲妻呢？甚至有人猜測，他就是爲了那個鼻子才出家的？但是，內供並不認爲出家，就能減低鼻子所帶來的痛苦；內供的自尊心相當微妙纖細，倒不爲無法娶妻生子此一事實所左右。因此，無論是積極的，或消極的，他都曾試圖恢復這顆被打擊的自信心。

首先在內供心中盤旋的是，如何縮短這鼻子，使它看起來比實際的短。於是，在無人之際，他就會面對鏡子，從各個角度看著自己的臉，絞盡腦汁，只爲想出個好方法來。有時，覺得光是改變臉部的位置，並不能確實安心。因此，或用手托著雙頰，或用指頭貼住下巴，就這樣耐心地照鏡子。但是，自始至終就沒有一次滿意的，認爲鼻子看起來已短了些。有時，甚至覺得愈是處心積慮，鼻子顯得愈長，此時，垂頭喪氣的內供，總是一邊長聲感喟，一邊將鏡子收到箱子裏去，無可奈何地回到桌邊，重新唸他的觀音經去了。

除此之外，內供也經常注意別人的鼻子。池尾的寺院經常有僧侶講經等佛事，內院內，僧坊櫛比，澡堂熱水不斷供應，因此，出入寺院的僧侶不勝其多。內供經常耐心地觀察這些人的臉，他想找出一個鼻子和自己一樣的人，就算僅有一個，也足以讓自己寬心。所以，在內供的眼裏，根本沒有藍色的水干❸和白色帷子，更何況是每天看慣了的橙色的帽子、微黑的法衣呢？簡直就是視若無睹。內供看人，只看鼻子。——但是，雖有鷹鉤鼻的，卻就看不到一個像內供那樣的鼻子。一天一天地找不到，內供的心情是一天一天地往下沉，當他與人交談時，總是不自覺地抓一抓鼻子，雖說年已老邁，這一動作仍令他感到不愉快與羞慚。

最後，內供心裏甚至想從內典外典中，去尋找與自己鼻子相同的人，以稍解苦悶。但是，經文中並未記載目連、舍利弗❹等是個長鼻子，至於龍樹和馬鳴❺，當然是個具有常人鼻子的菩薩。內供在震旦這故事中，聽說三國時代蜀漢劉玄德❻的耳朵很長，心想若是鼻子，那該是多令人興奮的事。

內供如此消極地下苦心，同時，又積極地嘗試縮短鼻子的方法，這方面的過程，當然無需重述。他曾煎烏爪湯喝，亦曾用鼠屎擦鼻，然而鼻子依舊，仍是五、六寸長地垂掛在上唇與下巴之間。

某年秋天，一個內供差遣上京的弟子，從熟人醫生處學得縮短長鼻子的方法。那醫生自中國渡海而來，當時正在長樂寺當僧人。

內供一如往常，故裝毫不介意鼻子的長短，並不汲汲詢問治療的方法，卻在每次用餐時，用極輕鬆無謂的語氣說：『總是勞煩你準備餐點，眞是於心不安』等客套話，說這番話

---

❸ **水干**：簡便的狩衣，民間的常用服。

❹ **目連、舍利弗**：全是釋迦的高徒，目連乃神通第一，舍利弗為智慧第一。

❺ **龍樹和馬鳴**：全是二、三世紀時的印度佛教學者，也是菩薩。

❻ **劉玄德**：劉備（一六〇～二二三），字玄德，蜀漢之王，「十八史略」記載其為耳長之人。

的用意當然是期待弟子能自動說出方法，說服自己嚐試嚐試，身爲弟子的小僧，當然不會不知道內供的策略，雖然對此策略極爲反感，卻也爲內供用計的苦心，感到萬分的同情。因此，弟子便如內供所預期，極力勸他試用此法，結果，內供也如預期般，只好聽從弟子熱心的勸告了。

原來方法是這般簡單，只要用熱水燙鼻子，之後再叫人踩一踩鼻子即可。

寺中澡堂的熱水是終日滾滾如沸，於是，弟子立刻跑去澡堂，汲來滾燙的熱水，然而，若如此直接將鼻子伸入桶中，臉部恐怕會被熱氣給蒸傷，只好拿盛菜木盆開洞，當作桶蓋，再讓鼻子由洞孔伸入熱水中。如此一來，只有鼻子浸在熱水中，便一點不覺得燙了。

過了一會兒，弟子說道：

「該燙夠了呢！」

內供苦笑著，心想光是聽到這句話，任誰也料不到是指鼻子吧！此時，經熱水蒸過的鼻子，猶如跳蚤咬過一般的發癢。

弟子幫內供將鼻子從木盆的洞孔抽出，然後雙腳踩在熱騰騰的鼻子上，開始使勁跺踏。內供側躺著，將鼻子伸在地板上，就這樣眼睜睜地望著弟子的雙腳在自己的眼前上下地晃動，偶爾，看到此番情景的弟子，不忍之情油然而生，便俯視內供的禿頭說：

「痛不痛呢？醫師交代要用力踩的，但是，這樣不是很痛嗎？」

內供搖頭，意欲表示不滿，然而，由於鼻子被踩住，使得頭部動彈不得。於是，眼睛上眺，望著弟子皸裂的雙腳，憤怒般的聲音吼著：

「不痛！」

事實上，也眞是不痛，癢得難以忍受的鼻子，經他這麼一踏，倒反而覺得舒服。

踩了一會兒，鼻子冒出了如粟米般的紅顆粒，活如去毛小雞放在火上烘烤的形狀，弟子見此情狀，止住腳，像喃喃自語道：

「說是要用鑷子夾掉這些疙瘩的。」

內供滿心不高興地鼓著面頰，默默地任由弟子擺佈。當然，也不會不知道弟子的好意，儘管了解，卻也難以忍受鼻子像物品般被擺弄，因而感到相當不愉快。內供的表情像是接受蒙古大夫之手術的患者，一臉無奈，望著弟子用鑷子夾去鼻子毛孔上的脂肪，脂肪狀如羽莖，約有四公分長。

不久，完成第一道手續，弟子如釋重負地說：

「大概再燙一次就可以大功告成了。」

內供依然緊縮眉頭，顯出不悅之情，再一次任由弟子擺佈。

燙過兩次的鼻子，果然短了許多，與一般的鷹鉤鼻已所差無幾。內供撫摸著變短的鼻子，極難爲情地瞅視著遞鏡給他的弟子。

鼻子——那個掛在下巴下的鼻子，變魔術般地萎縮了，如今僅在上唇上有氣無力地苟延殘喘著，至於那些紅色斑點，大概是踩踏時留下來的痕跡吧！如此一來，不會再有人嘲笑了吧？——鏡中的內供，瞧著鏡外的內供，不禁滿足地眨眨眼。

然而，不安焦慮仍在心中滋長，擔心過了一些時日，鼻子是不是又會變長？如此地，無論是誦經、吃飯時，甚且只要有空暇，便伸出手，無意識地摸著鼻尖。但是，鼻子卻依然穩如泰山地掛在嘴唇上，毫無往下墜的徵象。從此以後，內供每天醒來第一件事，就是摸摸自己的鼻子，而鼻子也一樣是那麼短。於是，像是完成多年來抄寫的法華經的功德般，感到志得意滿，輕鬆愉快。

可是，過了幾天之後，內供發現一項令人意外的事實，那就是因事來池尾寺參拜的武士，現出比以前更驚異的表情，一句話也說不出來，只是楞楞地盯著內供的鼻子瞧，不但如此，那個曾讓內供的鼻子掉入粥中的小童子，在講堂外碰到內供時，一開始，還只是低頭竊笑，但終於忍俊不住，突然捧腹大笑起來。還有就是有——事吩咐法師們時，面對面之間，大家都必恭必敬，謹慎聽候吩咐，不過等內供一轉身，便馬上又嗤嗤作笑，這種情形也不是一兩次的了。

內供起初將之歸因於自己容貌的改變，然而，這個解釋似乎並不十分充分。——當然，小童子與法師們竊笑的原因，正是因爲如此。只是同樣是笑，卻有今昔之別，如今的笑，似乎與過去長鼻子的笑不同，若只是看慣了長鼻子，覺得短鼻子看起來更滑稽，那倒也不置可否，問題就在於這中間似乎隱藏著一些其他的含義。

——以前並沒有笑得那麼厲害呀！

內供經常停誦經文，歪著禿頭腦袋，這樣地喃喃自語。可憐的內供，每當此時，必定茫茫然眺望豎立在旁的普賢畫像，回憶四、五天前的長鼻子，就像「落魄潦倒的人，追憶著往日繁華」一般，心中悵悵然、悶悶不樂。——內供遺憾之餘，卻也難以解答此一疑問。

人類的心中，具有兩種互爲矛盾的感情。當然，每個人都會同情他人的不幸，但當那人能夠渡過不幸時，卻又總是有股惆悵不滿足之感，誇張一點說，甚且是希望那人再度陷入困境，然而不知不覺間，雖說消極，卻對那人懷有敵意。——內供不知理由，總覺得心情不愉快，只是在池尾僧眾的態度中，隱約感覺到這旁觀者的利己主義罷了。

於是，內供的心情一天一天地低落下去。不論對誰，開口便沒好氣地大聲喝罵。最後，連幫他治療鼻子的弟子，也在背地裏造謠中傷說：「內供將受法慳貪❼的處罰吧！」最讓內供生氣的，是那個老愛惡作劇的小童子。有一天，遠處傳來擾人的狗吠聲，內供若無其事地往外去看，看見小童子正掄著約二尺長的木板，追趕一隻削瘦的長毛獅子狗，非但如此，口中還不斷地嚷著：「打鼻子！哪！打鼻子！」內供自小童子的手中搶過木板，狠狠地打在他臉上。那木板正是以前用來挑他鼻子的木板。

內供倒恨自己爲何要勉強地將鼻子弄短呢？

接著，在某一天晚上，日暮時分突然颳起風來，吹得塔邊風鐸❽之聲大作，擾人心煩意亂，加上寒氣逼人，煩得內供不得安睡。就在輾轉反側之際，覺得鼻子發癢，用手去摸卻稍帶水氣，有點浮腫的樣子，而且，感覺那邊發熱。

——勉強地縮短，或許是生病了吧！

---

❼ **法慳貪**：佛家中，因不慈悲、不和藹、貪欲而承受的罪業。

❽ **風鐸**：在塔或佛堂等屋簷四角所懸掛的鐘型之風鈴。

內供以在佛前供香花的虔敬的態度，謹愼地按著鼻子，這樣的自語道。

次日早晨，內供像往常一樣地早起，眼見寺內的銀杏橡木，一夜之間葉落滿地，庭院猶如鋪上黃金般光亮。是塔頂降霜的緣故吧！使得九輪在此微暈的晨曦中，依舊閃閃發光。禪智內供站在板窗已拉上的走廊下，深深地吸了一口氣。

就在此時，一度幾乎遺忘的感覺，再次襲上內供的心頭。

內供慌忙用手去摸鼻子，手所碰觸的卻非昨日的短鼻，而是昔日從上唇至下巴，下垂約有五、六寸的長鼻子。內供深知他的鼻子在一夜之間，又回復到以前的長度。同時，鼻子縮短時那種雀躍愉快的心情，不知何時，又悄悄地回到他的心裏了。

——如此一來，一定不會再有人嘲笑了。

內供心中悄悄自語。長鼻子悠然地晃蕩在黎明的秋風中。

某阿呆的一生

我想請您全權處理這篇原稿是否發表，以及發表的時間與園地。

您大概都認識這篇原稿中所出現的人物，但是如果發表，請您切勿附上索引。

我目前正活在最不幸的幸福中，但最不可思議的是，我並不後悔，我只是爲了那些擁有我這樣的惡夫、惡子，惡父親的人們，感到十分的同情罷了！那麼，再見了！至少我在這篇原稿中，未曾有過自我辯護。

最後，我要說明爲什麼我要將稿件交給你，因爲你恐怕是這世界上最了解我的人了。（只要我撕下這張都市人的外皮）無論如何，請勿嘲笑稿件中的我的呆相。

昭和二年六月二十日

芥川龍之介拜

致久米正雄君

一、時代

那是某家書店的二樓。二十歲的他，爬上架在書櫃之間的西式梯子，正在尋找新書。莫泊桑、波特萊爾、史特林堡、易卜生、托爾斯泰……

不一會兒，黃昏即已迫近。可是他仍熱心地繼續看著書本背後的文字。並排在那裡的與其說是書，倒不如說是世紀末本身。尼采、魏爾倫、龔固爾兄弟、杜斯妥也夫斯基、惠特曼、福樓拜……

他一邊與黑暗奮戰，一邊數著他們的名字，然而，書本還是漸漸沈沒在幽暗的影中了。他終於失去耐性，想爬下西式的梯子，就在此當兒，一盞無蓋的電燈，就在他的頭頂上，突然亮了。他佇立在梯子上，俯視在書本間移動的店員與顧客，他們顯得極爲渺小，而且服裝襤褸。

「人生不如一行的波特萊爾。」

頃刻間，他站在梯子上遠望他們……

二、母親

瘋人們都一樣被穿上灰色的衣服。寬大的房間，似乎因此而更顯得憂鬱。其中一人坐在風琴前面，熱情地彈奏著讚美詩，同時，另外一個人站在房間的正中央，雖說是在跳舞，倒像是在蹦跳罷了。

他與一位氣色紅潤的醫生一起凝望這般光景。十年前，他的母親與他們毫無兩樣。毫無——他卻在他們的臭氣中，感覺到他母親的臭氣。

醫生站到他的前面，沿著走廊走到某一房間。那間房間的一角放著幾個大玻璃瓶，瓶中裝滿酒精與浸泡的腦髓。他在某個腦髓上，發現了小小白色的東西，就好像滴了卵蛋白一般。他邊與醫生站著談話，再度地想起他的母親。

「這個腦髓的擁有者，是××電燈公司的技師，他經常認為自己是發著黑色亮光的大發電機。」

他為了避開醫生的目光，眺望著玻璃窗外，那裡除了豎有空罐碎片的磚牆外，什麼也沒有。但那是長著薄苔而且朦朧泛白了。

三、家

他住在郊外的某一棟二樓的房子裡。那是地盤鬆動而顯微傾的二樓。

他的姨母經常在這個房間裡與他吵架，而且，沒有一次不是他的養父母來充當和事佬。然而他對姨母的愛，卻勝於任何人。終生獨身的姨母，在他二十歲時，就已年近六十了。

他在那郊外的樓房中，幾度認為彼此相愛的人，不也是彼此折磨的人嗎？這其間，他同時感到樓房的傾斜，令人害怕不安。

四、東京

隅田川陰晴而晦暗。他從行駛中的小汽船窗口，眺望向島的櫻花。盛開的櫻花，映現在他的眼中，猶如一盤襤褸的憂鬱。但是，他從那些櫻花——江戶時代以後的向島櫻花中，不知不覺地找到了自己。

五、自我

他與他的前輩，一起在某家咖啡店隔桌相向，不斷地噴著煙圈。他不太開口，但對於前輩的話，卻熱心地傾耳相聽。

「今天搭了老半天的汽車。」

「有什麼事嗎？」

他的前輩拄著雙頰，毫不經心地回答道：「那裏，只是想坐坐罷了。」

那句話驅使他走近未知的世界——一個解放自我，接近神界的「自我」世界。他感到某種痛楚，但也同時感到歡樂。

那家咖啡店極爲窄小。但在潘神（一位畜牧神、人身羊足）❶的鏡框下，赭色的花盆中，植有一棵橡皮樹，肥厚的葉片無精打采地倒垂著。

六、病

他在不斷的海風中，翻閱厚大的英文辭典，用指尖尋找辭彙。

Talaria　帶有羽翼的鞋子，或涼鞋。

Tale　談話。

Tailpot　東印度出產的椰子，莖幹約高五十呎至百呎，葉可以用以製傘、扇、帽等，每七十年開花一次……

他的想像清晰地鉤畫出椰子的花形。此時，他的喉嚨感到未曾有過的奇癢，一不小心將痰咳在辭典上。咳痰——但那並不是痰。他想起生命的短促，再度想像椰子的花，想起在遙遠海域的那一邊，巍巍高聳的椰子的花。

七、畫

他突然——的確是突然。他站在某家書店的店前，翻閱梵谷❷的畫集，看著看著，突然間，他瞭解了畫。當然，那本梵谷畫冊一定是複製版。但在複製版中，依然感到浮現在心

---

❶ **潘神**：即牧羊神。

❷ **梵谷**：Vinnconn von Gogh（一八五三～一八九〇），荷蘭後期的印象派畫家，本文中後面所提的「割耳朵的荷蘭人」，指的即是梵谷，他發瘋後割下自己的耳朵。

頭，且鮮明可見的自然。

對於這幅畫的熱情，使他的視野煥然一新。他不知不覺地開始注意樹枝的曲折線條，以及女人雙頰的鼓脹弧形。

秋暮的某一下雨天，他經過郊外的陸橋下，陸橋的另一邊堤岸下，停有一輛載貨馬車。他經過那裏時，感覺到在他之前好像有什麼人經過這條路。是誰呢？——現在已不再有去問他本身的必要。二十三歲的他，心中藏有一個斷耳的荷蘭人，嘴銜長長的煙斗，以銳利的眼光，凝視在這憂鬱的風景畫上……

八、火花

他淋著雨，走在柏油路上。雨相當急。他在水花四濺中，感覺到襯有橡皮內裡的外套味道。

此時，眼前架空線中的一條，爆出紫色的火花。他奇妙地感動了。他的上衣口袋裡藏著一份他的稿件，他將把這份稿件發表在他們的同人雜誌上。他在雨中走著，再度仰望身後的架空線。

架空線爆出耀眼的火花。他環顧人生，發現並無特別想要的東西。但，唯有這紫色的火花——唯有這淒厲的空中火花，縱使需以生命交換，他也要抓住它。

九、屍體

屍體的姆指上，都懸掛著用鐵絲固定住的牌子，牌子上記載著名字與年齡。他的朋友彎下腰，靈活地動著手術刀，開始剝下某具屍體的臉皮，皮下厚厚一層，是美麗的黃色脂肪。

他望著那具屍體。它對於他所寫的一個短篇——以王朝時代爲背景，是完成此一短篇所絕對必需的。但，腐敗的屍體，像杏子的味道，令人作嘔。他的朋友微蹙眉頭，靜靜地動著手術刀。

「近來屍體不夠用。」他的朋友這樣說著。

此時，他竟不自覺地準備了他的答話。——「若是屍體不夠時，我會毫無惡意地去殺人。」然而，這只是留在他心中的回答罷了。

十、老師

他坐在大槲樹下，翻閱老師的著作。槲樹在秋日的陽光中，葉片一動也不動。在某處遙遠的空中，一根垂掛著玻璃皿的秤，恰好保持平衡。——他一邊閱讀老師的作品，一邊感受到了這般光景……

十一、黎明

夜漸漸亮了，他不自覺地環顧街角的大市場，市場的人群與車輛，都染上了薔薇色彩。

他點燃一根香煙，靜靜地走進市場中，此時，一隻瘦巴巴的黑狗，冷不防地對他吠叫，然而，他並沒有嚇一跳，而且，反而有點喜愛那隻狗。

市場的正中央有一株洋梧桐，枝葉向四方伸展。他站立在根上，透過樹枝仰望高空，高空中，就在他頭頂的正上方，有一顆星星閃耀著。

那是他二十五歲那年——他遇到老師的第三個月。

十二、軍港

潛水艇的內部昏暗不明。他在前後、左右都遮蔽著的機械中，彎下腰，窺看小鏡頭，那鏡頭上映射出明朗的軍港風景。

「在那裏也可以看見『金剛』吧！」

某位海軍將領對他這樣說。他在四方形的鏡頭上眺望著小軍艦，不知爲何，卻想起荷蘭芹。在一客三十元的牛排上隱約散發出香味的荷蘭芹。

十三、老師之死

他在雨後的風中，在一座新車站的月台上漫步著。天空依然昏暗不明。月台對面有三、四個鐵路工人，一齊上下揮動著十字鎬，口中還高聲地唱著歌。

從後面吹來的風，吹散了工人的歌聲和他的感情。他並沒點燃手中的香煙，感受著近於歡愉的痛楚。「老師病危」的電報，依舊塞在外套的口袋中……

此時，一列上午六時的北上火車，從對面松樹山崗的背後，曳著淡淡的煙，蜿蜒地向這邊駛來。

十四、結婚

在結婚的翌日，他責罵妻子說：「可不許一嫁來就這麼浪費。」雖說是他的責罵，倒應該說是他姨母要他「說」的責罵。他的妻子向他道歉，是理所當然的事，但她也向他的姨母道歉。把爲他而買的黃水仙盆栽放在面前——

十五、他們

他們生活十分平和。在大芭蕉葉伸展的涼蔭下——因爲他們的家在某海岸的鄉鎮，從東京搭火車足足要一個鐘頭。

十六、枕頭

他將散發出薔薇氣味的懷疑主義當作枕頭，閱讀著阿納托爾．佛朗士的書。並發覺不知何時，那枕頭中，也有半人半馬神❸。

---

❸ **半人半馬神**：希臘神話中的肯達烏洛斯（Kentauros），上半身為人，下半身為馬，好色而粗暴。

十七、蝴蝶

充滿海藻味的風中，有一隻蝴蝶撲撲地飛舞著。剎那間，他感到這隻蝴蝶的翅膀，曾觸及到他乾燥的嘴唇。不知何時留在他唇上的翅膀粉末，於數年後仍閃耀著。

十八、月光

他在某家旅館的樓梯上，偶然邂逅了她。她的臉龐在如此的白晝中，宛如沐浴在月光下一般。他目送她離去（他們未曾有過一面之緣的情誼），感到一陣未曾有過的寂寞感……

十九、人工之翼

他從阿納托爾．佛朗士移情到十八世紀的哲學家們，但，並未親近盧梭。那或許是他本身的一面——易受熱情驅使的一面，近似盧梭的緣故吧！他本身的另外一面——近似富冷靜理智的「Candide」（伏爾泰哲學性小說）式❹的哲學家。

人生對於二十九歲的他，毫無光明可言，但是，伏爾泰卻給了他人工之翼。

他展開人工之翼，輕而易舉地飛上天空。同時，沐浴著理智之光的人生歡愉與悲傷，在他的眼底沈落了。他向寒傖的鄉鎮，撒落譏諷與微笑，在沒有遮蔽的天空中，直向太陽飛奔。似乎忘了因人工之翼被太陽燒融，終於落入海中而死亡的古代希臘人……

二十、枷鎖

他們夫妻與他的養父母同住在一個屋簷下了。那是他進入某家報社之故。他以一張書寫於黃色紙上的契約書爲後盾。可是，後來再看那張契約書，發現只有他需負義務，報社卻可不必負任何義務。

二十一、發瘋的女孩

二輛人力車奔馳在毫無人煙的鄉間道，由於海風吹拂，可知那條道路面臨海洋。坐在後一輛人力車的他，奇怪著自己對這次幽會一點也不感興趣，那又是什麼誘使他來到這兒呢？那絕非是戀愛。若不是戀愛——他爲了避免回答，不得不想成「總之我們是對等的。」

坐在前一輛人力車的是一位瘋女孩，她的妹妹因嫉妒而自殺。

「已經毫無辦法了。」他已對這個瘋女孩——只見其強烈之動物本能的她，感到某種厭惡的情緒。

二輛人力車，不久通過了腥臭的墓地外圍。黏著牡蠣殼的柴垣中，立著好幾個泛黑的石塔。他眺望那些石塔對面的閃閃發亮的海面，不知爲何突然對她的丈夫——抓不住她的心的丈夫，感到輕蔑……

---

❹ **Candide ou l'optimisme**：伏爾泰的代表哲學小說，一七五九年出版。

二十二、某畫家❺

那是某本雜誌上的插圖。然而，一隻雄雞的水墨畫，卻顯示出獨特的個性。他向一位朋友詢問有關這位畫家的事。

大約一星期之後，這位畫家來訪問他。那在他一生中，是非常重要的一件事。他在畫家的身上，發現了任何人都不懂的詩，而且發現了連他本身都不懂的自己這靈魂。

某一微寒的秋暮，他因一株玉蜀黍而突然想起這位畫家。丈高的玉蜀黍，長著粗糙的葉子，在土堆上露出如神經一般細小的根。那當然又是易受傷害的他的自畫像。然而這種發現只是更增添他的憂愁罷了。

「已經太遲了，但若是到了緊要時刻……」

二十三、她

日近黃昏，他帶著微微發熱的身體，步行到這廣場。幾棟龐大的高樓，在微顯銀色的清澈天空下，窗口透出電燈的亮光。

他駐足路旁，等待她的來到。

約五分鐘之後，她憔悴地向他走過來。但是，當她看到他的臉時，卻面帶微笑地說：

「好累哦！」

他們並肩走到微亮的廣場。這種情形，對他們而言是第一次。他爲了能與她同在一起，可以不惜捨棄一切。

他們搭上汽車之後，她目不轉睛地凝視他的臉龐說：「你不後悔嗎？」他毅然而然地回答道：「不後悔。」

她按住他的手，說：「我也不後悔，但是……」

這時，她的臉龐仍宛如沐浴在月光中一般。

二十四、生產

他佇立在門邊，低頭看著一位身穿白色手術服的助產士，替一個嬰兒清洗。每當肥皂滲入嬰兒的眼睛時，嬰兒總是頻頻蹙眉，並高聲啼哭。他覺得嬰兒的味道有點像小老鼠，而且禁不住地這般深思——

「爲什麼這傢伙也來到人世呢？這個充滿俗世之苦的世界。——又爲什麼，這傢伙也背負著像這樣爲人父親的命運呢？」

那是他妻子生的第一個男孩。

二十五、史特林堡

他站在門口凝望，在石榴花開的月光中，有幾個中國人在打麻將。然後回到房中，在矮

---

❺ **某畫家**：指小穴隆一。

矮的燈台下，開始閱讀《癡人的告白》但是，讀不到兩頁，就不自覺地發出苦笑——史特林堡在寫給情人（伯爵夫人）的信上，也寫著和他差不多的謊言——

二十六、古代

色彩斑剝的佛像們、天人、馬、蓮花，幾乎將他壓倒。他抬頭仰望著他們，忘記了一切事情。甚至忘記擺脫了瘋女孩的幸運——

二十七、斯巴達式的訓練

他和他的朋友走在某條的後街上。此時，一輛掛有簾蓬的人力車，從那邊直向這邊駛來，出人意料的，坐在車上的竟是昨夜的她。她的臉龐在這樣的白晝中，依然宛如沐浴在月光中一般。他們在他朋友之前，當然連招呼也付之闕如。

「是個美人呢！」他的朋友這樣說道。

他望著街道盡頭之春天的山頭，毫不猶豫地回答：「是啊！相當美麗的美人！」

二十八、殺人

鄉間道上，在日光中飄著牛糞的臭氣。他拭著汗，向微陡的坡道走上去，道路兩側成熟的麥子，散發出馥郁的香味。

「殺吧！殺吧！」

不知何時，他口中一直反覆地說著這句話。殺誰呢？——他相當清楚。他想起卑劣的，剃著平頭的男人。此時，黃澄澄的麥田那邊，一座羅馬式的建築的天主教堂，曾幾何時，已露出了圓形的屋頂……

二十九、形

那是鐵製的長把酒壺。他在附有細條紋的酒壺上，不知不覺間體會到了「形」之美。

三十、雨

他躺在一張大床上，和她說了許多話。臥室窗外下著雨，文殊蘭花在這雨中似乎漸漸地爛了。她的臉依然如在月光中一般。可是，對他而言，與她談話未嘗不感到無聊。他俯臥著，靜靜地點燃一根煙，想起與她生活也有七年了。

「我愛這個女人嗎？」

他這樣問著自己。對這句話的回答，連他自己都感到意外。

——「我現在仍愛著她。」

三十一、大地震

那是有些近於熟透之杏子的味道。他在火燒後的廢墟中走著，隱約地聞到這味道，想起炎炎熱天腐爛了的屍體味道，竟然覺得不臭，眞是意外。但是，站在屍體纍纍的池前一看，發現「鼻酸」此一詞彙，絕非誇張。尤其令他悸動的是一個十二、三歲的屍體。他望著這具屍體，有種幾近於羨慕的感覺，想起「爲神所愛者夭折」這句話。他的姊姊和異母弟弟的房子都被燒毀了，但是，他的姐夫卻因僞造文書罪尚在緩刑中……

「最好全部死光。」他駐足在火燒廢墟中，不得不這樣痛切地想。

三十二、吵架

他和他的異母弟弟扭打成一團。他的弟弟一定是爲了他而經常受壓迫，同時，他也一定是因他弟弟的緣故而失去自由。他的親戚經常對他弟弟說：「要向他看齊！」但這對他而言，就像是手腳被縛一般。他們扭成一團，一直滾到了走廊。廊下的園中有一株百日紅——他依然記得——在落著雨絲的天空下，盛開的花朵綻放著紅光。

三十三、英雄

他從伏爾泰家的窗口無意識地仰望著高山。冰河流佈的山，連禿鷹的影子也看不到，但，卻有一個矮小的俄國人❻，執拗地往山道上登爬。

在伏爾泰的家中，入夜之後，他在明亮的燈光下，寫下這樣的詩，一邊還想起那個登上山道的俄國人的身影……

比任何人都謹守十誡的你　就是

比任何人都會破十誡的你
比任何人都愛護民眾的你　就是
比任何人都輕蔑民眾的你
比任何人都摯愛理想的你　就是
比任何人都了解現實的你
你是我們的東方所生的
擁有花草香味的電車——

三十四、色彩

三十歲的他，不知不覺地愛上一塊空地。那兒長著青苔，上面僅散放著磚瓦的碎片。但，在他的眼中，那裡無異是塞尚的風景畫。

他忽然想他七、八年前的熱情，同時也發現七、八年前的自己，是如何地不懂色彩。

三十五、丑角傀儡

他打算過激烈的生活，就算隨時會死也不後悔。然而，他仍舊過著遷就養父母及姨母的

❻ 矮小的俄國人：指列寧。

生活，那造成了他生活中明暗的兩面。他看到立於某家西裝店裡的丑角傀儡，想著自己與傀儡之間，到底有多少相似之處。但是，意識外的他自己——亦即第二的他自己，把這樣的心情裝到某一篇短篇之中去了。

三十六、倦怠

他與一位大學生在芒原中漫步。

（編按：芒原即目前東京都練馬區月見台地區）

「你們應該仍保有旺盛的生活慾吧？」

「嗯——但你也是……」

「可是，我卻沒有，只是擁有創作慾。」

那是他的真情，實際上，他在不知不覺間，已對生活興味索然。

「創作也算是生活慾吧！」

他默不作答。曾幾何時，芒原在它紅色的芒穗上，露出了清晰可見的噴火山。他對噴火山興起一種近乎羨慕的感覺，然而，他本身爲什麼茫然無所知呢？……

三十七、超越者

他遇到了一位在才華上堪與他相匹敵的女人❼。他寫了〈超越者〉等抒情詩，才脫離了此一危機。那是宛如剝落凍結在樹幹上的雪片一般的，無可奈何之心情下的產物。

乘風飛舞的蔓笠
無意中飛落的道旁
我的名何足珍惜
應珍惜的是你的名啊

三十八、復仇

那是某家族館的陽台。他在那裡一邊作畫，一邊逗一個少年玩耍。他是七年前絕交的那個瘋女孩的獨生子。

瘋女孩點燃香菸，望著他們的玩耍。他在沈重的心情下，畫著火車和飛機。幸好少年不是他的小孩。但稱呼他「伯父」，對他而言，這比什麼都更痛苦。

少年不知跑到那裡去之後，瘋女孩抽著菸，賣弄風情似地對他講話。

「那個孩子是否像你？」

「不像，第一……」

「但有胎教這回事吧！」

他默默地將目光移開。然而，他的心底有一種想絞殺她、虐待她的欲望。

---

❼ **堪與他相匹敵的女人**：指松村峯人，原名片山廣子，詩人，愛爾蘭的文學家。

三十九、鏡子

他在某家咖啡店的一隅與朋友們聊天。他的朋友們吃著煎蘋果，談起最近天氣寒冷的話題。他在談話中突然感到矛盾。

「你還是獨身吧！」

「不，下個月要結婚了。」

他不覺沉默下來。嵌在咖啡店牆壁上的鏡子，投映著無數個他的本身。冷冰冰地、似乎帶著某種威脅般……

四十、問答

你爲何批評現代社會制度？

因看到了資本主義所衍生的惡果。

惡果？我還以爲你認不清善惡的差別呢！

那麼，你的生活是？

——他這樣與天使問答。與對任何人都不會感到羞恥的，戴著高頂禮帽的天使。

四十一、病

他患了失眠症，而且體力也開始衰退。幾個醫生對他的病下了各種不同的診斷——胃酸過多、胃下垂、乾性肋膜炎、神經衰弱、慢性結膜炎、腦疲勞……

但是，他十分清楚自己的病源。

那是他以自己爲羞恥，並恐懼著它們的心情。它們——是他所輕蔑的社會。

一個快要下雪的陰沉午後。他坐在咖啡店的一隅，銜著點燃了的雪茄，傾聽著對面收音機所傳來的音樂。那是能滲透他情緒的音樂。他等待音樂終了，走到收音機前，看唱片上所貼的標籤。

Magic Fluee——Mozart❽他頓時了解，破壞十誡的莫札特，一定也是痛苦。然而，是否也像他這樣……他低著頭，靜靜回到他的座位。

四十二、諸神的笑聲

三十五歲的他，漫步在春日照射的松林裡。邊想起兩、三年前，他自己所寫的「諸神何其不幸，不能像我們這般自殺。」這樣的語句……

四十三、夜

夜逼近了。

洶湧的海面，在微明中，不斷地激起浪花。

---

❽ **Magic Fluee**：原題是Diz Zauberflote「魔笛」，莫札特的最後歌劇之第二幕，一七九一年作。

他在這樣的天空下，與他的妻子二度蜜月。

那對他們而言，是快樂的，但同時也是痛苦，三個小孩與他們一起眺望著港口的閃電。他的妻子抱著一個小孩，眼中似乎含著淚水。

「那裡不是可看到一艘船嗎？」

「嗯！」

「帆柱斷成兩截的船呢！」

四十四、死

他想乘一個人獨自睡覺的機會，將帶子掛在窗格子上自縊。但把頸子套入帶子時，頃俄間卻又懼死，那不是懼怕臨死前剎那的痛苦。他二度拿出懷錶，決定測試自縊的時間。在短暫的痛苦之後，一切都開始變得模糊了。一旦超越那裡，就一定能進入死亡。他看了看錶，發現他所感受的痛苦是一分二十幾秒。窗格子外完全漆黑了，但在那漆黑中，仍可聽到粗獷的雞啼聲。

四十五、Divan❾

Divan想再度給予他的心靈新的力量。

那是他以前不知道的「東方的歌德」。

他看著悠然立於一切善惡之彼岸的歌德，感到近乎於絕望的羨慕。

詩人歌德在他的眼中比聖人基督還偉大。

在這位詩人心中，除了亞克洛波里斯❿、哥耳哥達⓫之外，甚至阿拉伯的薔薇花⓬也綻放了。如果具有一點追蹤這詩人足跡的力量——他讀完了「迪凡」，恐懼的感動平靜之後。不由得深切地輕蔑生於宦官家庭的他自己。

四十六、謊言

他姐夫的自殺，突然打擊了他。今後他非得照顧姊姊一家的生活不可了。至少對他而言，他的將來晦暗得猶如薄暮一般。他對他精神方面的破產，感到近乎於冷笑（他的墮落與弱點他知道得非常清楚），且繼續看著各種書籍，結果，連盧梭的懺悔錄也充滿英雄式的謊

---

❾ **Divan**：歌德的詩集——「西東詩集」。一八一九年刊。

❿ **亞克洛波里斯**：Dkropolis（希臘話），古代希臘國家的政治、宗教中心，是為山城，不稱希臘文化，代表希臘精神。

⓫ **哥耳哥達**：Golgotha，耶穌自己背著十字架，到耶路撒冷近郊的被稱為髑髏山的地方，隨即他被釘在十字架上殉難。因此，此山代表基督教文化、精神。

⓬ **阿拉伯的薔薇花**：代表阿拉伯的精神情趣。

言，尤其是「新生」⓭

——他從沒見過像「新生」的主角那樣狡猾的偽善者。唯有佛蘭索亞．維翁⓮沁透了他的心靈。他在幾篇詩中發現「美麗的牧者」。

維翁等待絞刑的模樣，曾出現在他的夢中。有好幾次，他希望像維翁一般，墮入人生的深淵。然而他的境遇與肉體的精力由不得他這麼做。他漸漸地衰弱了。恰如往昔斯維夫特所看到的，是從樹梢開始枯萎的樹木一般……

四十七、玩火

她容光煥發，恰像旭日照在薄冰上。他對她懷有好感，卻不是戀愛的感覺，而且連一根手指頭都未曾觸及過她的身體。

「聽說你想死？」

「嗯！——不，雖說是想死，倒不如說是活膩了。」

他們從這樣問答中，約定一起死亡。

「精神自殺嗎？」

「精神殉情。」

他對自己的鎮靜，不由得感到吃驚。

四十八、死

他沒有與她同死，只是對至今連一根指頭都未觸及過她的身體這件事，感到某種滿足。她經常坦然地與他談話，而且交給他一瓶她所持有的氰酸鉀，說道：「只要有這個，彼此將會更堅強吧！」

實際上，他的心的確是更堅強了。他一個人獨自坐在藤椅上，望著柯樹的嫩葉，不由得頻頻想起死所帶給他的和平。

四十九、白鳥的標本

他盡最後的努力，嘗試寫他的自傳。然而，那對他而言，卻出人意料地不容易。因爲他自尊心、懷疑主義與利害打算尚未淨盡之故，他不由得輕蔑這樣的他自己。而另一方面卻又

⓭ **新生**：島崎藤村的長篇小說，大正七、八年連載於「朝日新聞」，妻死後，與姪發生關係的主角，欲淨化二人的肉體關係，告白其過程以求新生。

⓮ **佛蘭索亞・維翁**：Francois Villon（一四三一～一四六三?）本名是Francois de Montcorbier、詩人，過著放蕩無賴的生活，幹過小偷、殺人等各種壞事。以罪、死與悔恨為主題書寫人類的呼聲，是法國最早的近代詩人，末路不明。

這樣想：「任何人剝去一層皮，莫不相同。」他認爲《詩與眞實》⑮這本書名，似乎是所有自傳的名稱。而且他深深了解，文藝上的作品未必能感動任何人。他的作品所要述說的，是生活經驗與他相似的人們。

——他有這樣的想法。因此，他想以簡短的筆觸寫他的《詩與眞實》。

他完成〈某阿呆的一生〉後，偶然地在某家舊工具店裡，看到一個白鳥的標本。牠引頸而立，泛黃的羽毛都被蟲咬了。他思索著他的一生，感覺淚水與冷笑齊湧而上。浮現在他眼前的只是發狂與自殺罷了！他獨自一個人走在黃昏的街道上，決定慢慢地等待毀滅他之命運的來臨。

五十、俘虜

他的一個朋友⑯發瘋了。他對這位朋友總懷有某種親切感。那是因爲他對這位朋友的孤獨——在輕快假面具下的孤獨，比別人更加地了解。

這位朋友發瘋之後，他曾兩三度訪問這位朋友。

「你和我同是惡魔纏身，所謂世紀末的惡魔。」

這位朋友壓低了聲音，用很小的聲音對他這麼說。

聽說，兩三天後，在前往某溫泉旅舍的途中，他連薔薇花也吞食了。他想起這位朋友入院之後，不知何時曾送這位朋友陶燒的半身像，那是他朋友喜愛的「檢查官」作者的半身像。他想起龔固爾也是發瘋而死的，因而不得不讓他感覺到似乎有某種力量在支配他們。

他已筋疲力竭，結果他忽然讀到拉蒂葛臨終的話語，再度感到諸神的笑聲。那話語是「神兵神卒要來抓我了⑰。」他自己的迷信與感傷主義搏鬥，然而無論怎樣奮鬥，他的肉體告訴他已無能爲力。「世紀末的惡魔」的確在等他。他對中世紀的人們能藉助神而感到羨慕。但是，相信神——相信神的愛，到底他是辦不到，包括寇克多相信的神。

五十一、敗北

他執筆的手也在發抖了，而且口水也流出來了。他的頭腦除了服用〇．八安眠藥片之後，有片刻的清醒之外，其他時間都處在模糊狀態，至於清醒時間也不過是半小時或一小時而已。他在幽暗中度日，也就是說操著鋒刃已磨損的細劍手杖了。

---

⑮ **詩與真實**：「Dichtung und Wahrheit」，歌德的自傳「超越我的生活」「Aus meinen Leben」的副題。」

⑯ **他的一個朋友**：指宇野浩二（一八九一～一九六一）

⑰ **神兵神卒們**：拉蒂葛Raymond Radiguet（一九〇三～一九二三）的「德爾契伯舞會」中的序文。

河童

序

這是某精神病院的患者——第二十三號，是對任何人都可以談起的故事。他已年過三十了吧！看起來卻像個年輕的瘋子。他生活的經驗——不、這些姑且不提。他只是抱著雙膝，不時地往窗外望去（對著鐵格子的窗外，有一株連枯葉都見不到的槲樹，枝椏伸展在沈沈欲雪的天空），他正在對院長S博士和我述說這長長的故事，當然有時也借助肢體語言，例如他講到「驚駭」時，就會倏地將臉往後仰……

我想我已經很正確地記錄下他的話了。如有誰對我的記錄仍不滿意，儘管可以去詢問東京市外××S精神病院。看起來比實際年齡年輕的第二十三號，首先會很禮貌地向你點頭，並指著沒有坐墊的椅子，然後浮現憂鬱的微笑，靜靜地重覆訴說這個故事。最後——我深切地記得他說完這段故事時的神情。他迅速地起身，突然揮拳踢足，或許他對每個人都會發出這樣的怒吼吧！——「滾出去！你這惡魔，你這愚蠢、愛嫉妒、猥褻、厚顏無恥，自命不凡，殘酷而自私的動物，滾出去！你這惡魔！」

1

三年前的夏天，我背著登山背包，想從上高地的溫泉旅舍登上穗高山。誠如大家所知道的，登穗高山除了沿著梓川而上，別無他途。以前，別說是穗高山，槍岳我也爬過，因此我未帶嚮導，就一個人去爬晨霧瀰漫的梓川谷了。難說朝霧籠罩下的梓川谷——但走了許久，晨霧似乎毫無消散的迹象，而且反而更濃了。大約走了一小時之後，我曾一度想折回上高地的溫泉旅舍，然而，折回上高地，就非等到霧散天晴不可。可是，霧還是一刻刻地迅速加濃。「算了，索性上去吧！」——我心裡這樣想著，於是撥開山白竹叢，沿著梓川谷而去。

我的視線仍被濃濃的霧所蒙蔽，可是偶而還是能從霧中看到粗壯的山毛櫸或樅樹的枝椏所垂下來的綠色葉子。除此之外，放牧的馬或牛也會突然地在我面前出現，只是正想細看它們時，卻又忽然地消失在濛濛的霧中。那時，腳酸了，肚子也開始餓了——況且被霧溼透的登山服和毛毯等，都無形中增加我許多負擔，我終於屈服了，決定循著水沖著岩石的聲音，沿梓川的山谷下去。

我坐在水旁的岩石上，暫且先塡飽肚子。打開醃肉的罐頭，揀拾枯枝升火——這些瑣事大概用去十分鐘吧！就在此當兒，那四處瀰漫，惱人至極的濃霧竟然不知不覺地散去了。我啃著麵包，看了看手錶，時間已過一時二十分，更驚人的是，一張令人毛骨悚然的面孔，映在圓形手錶的玻璃鏡片上，我驚異地回頭，這時——我看到所謂的河童，實際上，就是從這個時候開始。我身後的岩石上，有一隻和畫上一模一樣的河童，一手抱著白樺樹，一手遮在眼睛上，彷彿很稀奇般地俯視著我。

我被嚇著了，頃刻間呆呆地不敢動彈，河童大概也很驚異，遮住眼睛的手僵硬不動。那時，我迅速起身撲向岩石上的河童，就在同一剎那間，河童也不見了。不！恐怕是逃跑了吧！事實上，只是一晃身，旋即消失了。我更加驚愕，環顧一下山白竹叢，此時，想要逃走的河童，在隔著二、三公尺的對面，回頭看著我。那並不稀奇，然而令我感到意外的是河童身體的顏色，在岩石上看著我的河童是全身灰色的，可是現在卻全都變了綠色。我大聲喊「畜牲！」再度撲向河童，當然河童是又逃跑了，於是，大約有三十分鐘，我衝過白竹叢，越過岩石，不顧一切地追趕河童。

河童跑的速度決不輸於猿猴，在我全力追趕的期間，好幾次都差點給追丟了，而且還滑倒了好幾次。但當河童跑到一株樹枝粗大的橡樹底下時，幸好有一隻放牧的牛，擋住河童的去路，那是一隻角粗，脹著血紅雙眼的公牛，河童一看到這隻公牛時，發出一聲悲鳴，突然像翻筋斗似的跳進更高的白竹叢中。我——我心想「太好了」，也奮不顧身地追隨其後跳了進去，跳進一個我不知的洞穴中，當我的指尖快要接觸到河童光滑的背部時，竟然跌進了深深的黑暗之中，然而，在此千鈞一髮之際，我想的竟是一些毫不相干的事，我「啊——」地高叫了一聲，忽然想起了在上高地的溫泉旅舍旁，有一座名叫「河童橋」的橋，之後——之後的事，我就全然記不得了。我只感到眼前一片閃電似的，剎那間就失去意識了。

2

當我恢復意識時，我正仰躺著，有一大群河童包圍著我，而且有一隻大嘴巴上戴著夾鼻眼鏡的河童，跪在我的身邊，將聽診器擱在我的胸上，那隻河童看到我睜開眼睛時，以手勢示意我「安靜」，然後轉頭向身後的某隻河童發出「Quax, Juex」的聲音，接著，不知那來的兩隻河童，抬著擔架走過來。我被搬上了擔架，在一大群河童的包圍下，靜靜地走了好長的一段路，並列在我兩旁的街道景緻與銀座相差無幾。在夾道的毛櫸樹蔭下，各式各樣的商店展開遮陽布幕，而且有好幾輛汽車奔馳在樹木並列的夾道上。

不久，抬著我的擔架轉進了一條窄巷，我被抬到了一間房子。後來才知道那是那位戴夾鼻眼鏡，名叫察克的醫生的家。察克讓我躺在一張漂亮的床上，然後給我一杯不知名的透明藥水。我躺在床上任由察克擺佈。實際上，我的身體也還不能任意翻動，而且全身疼痛。

之後，察克每天必定來檢察二、三次，而且每隔三天——那隻我最初看到的河童——名叫柏格的漁夫，也會來探望我。河童了解我們的人類，遠比我們了解他們的還清楚，這或許是河童捕獲我們人類，較我們捕獲河童還多的緣故吧！所謂捕獲或許並不恰當，人類在我之前經常來到河童國度，甚至終其一生都住在河童國的，還不乏其人。爲什麼呢？因爲我們不是河童，具有身爲人類的特權，可以不勞而食，根據柏格所說，有一位年輕的道路工人，偶而地來到此國度，後來娶了雌河童爲妻，一直住到死。原來那隻雌河童是此國度的第一美人，並玩弄道路工人於股掌之間。

大約一星期後，我就依此國度的法律規定，以「特別保護住民」的身分，住在察克的隔壁。我的房子雖小，卻很精巧。當然以河童國度的文明與我們人類的文明——至少與日本的文明相差無幾。面臨街道的客廳一隅，有一架小鋼琴，牆上還懸掛著一幅嵌在鏡框中的銅版畫。只是從最主要的房間爲中心，以至於桌椅的尺寸，都是配合河童的身高，因此我好像被安置在小孩的房間一般，甚爲不便。

每到黃昏時刻，我就在這個房間迎接柏格和察克的來臨，向他們學習河童的語言。不！不只他們兩個，因爲大家都對我這個「特別保護住民」深感好奇，所以每天請察克去幫他量血壓的，名叫葛爾的玻璃公司董事長，也來到這個房間。但在最初的半個月時間，和我最親密的，仍是那位名叫柏格的漁夫。

一個溫暖的黃昏。我和漁夫柏格在此房間隔桌相向而坐。柏格心裡不知在想些什麼，突然沉默不語，將原來就大的眼睛睜得更大地凝視著我。我當然感到莫名其妙，於是說：「Quax, Bag, Quo Quel Quan?」將它翻成日文就是「喂！柏格！你怎麼了？」但是，柏格並沒有回答，而且突然站起來，伸出舌頭，甚且做出蛙跳般的姿勢，欲向我撲來，我愈來愈覺可怕，偷偷地從座椅上站起來，想一個箭步奔向門戶。

幸好，就在這時醫生察克出現了。

「喂！柏格，你在做什麼呢？」

察克依然戴著那副夾鼻眼鏡，這樣說地瞪著柏格。

於是，柏格一副惶恐的模樣，頻頻用手搔頭，向察克說：

「眞是抱歉，實在是這位先生害怕的樣子很有趣，故意乘機嚇嚇他而已，也請先生您不要見怪。」

3

在我繼續說下去之前，必須先將河童稍加說明。河童是至今是否存在仍屬存疑的動物，但是，我本身既已曾住在其間，當然毫無懷疑的餘地，那麼，他們到底是什麼樣的動物呢？頭上有短髮此乃不消多說，手腳具有水蹼，此與《水虎考略》❶的記載，並無顯著的差別。河童身高大約一公尺左右，體重根據醫生察克所言，從二十磅到三十磅——其中亦有五十磅以上的大河童，但至爲少見。而且，頭的正中央有一橢圓形的盆子，盆子隨著年齡的增加，漸漸變硬。現已年邁的柏格，與年輕察克的盆子，在觸覺上就全然不同，然而，更不可思議的是河童的顏色，河童不像我們人類具有一定的膚色，而是隨環境的不同而改變顏色——例如，在草叢中，就呈現草般的綠色，在岩石上時，又變成岩石般的灰色，這種情形當然不限於河童，變色蜥蜴也是如此，或許河童的皮膚組織上，具有近似於變色蜥蜴的構造吧！當我發現這項事實時，我想起了西國河童是綠色，東北河童是紅色這項民俗學上的記載，並且想起追逐柏格時，他會突然消失蹤影，不知去向這回事。除此之外，河童的皮膚下似乎具有一層肥厚的脂肪，儘管此一地下國度的溫度較低（平均約華氏五十度左右），卻不知何謂「衣物」。當然河童們也戴眼鏡、攜帶菸盒，或帶錢包，但是河童具有袋鼠般的袋子，所以在放置這些東西時，並無什麼特別不便之處。唯一讓我感覺奇怪的是，甚且連腰身也不蔽體，有一次，我問柏格爲什麼有這種習慣，柏格聽了往後一仰，不斷地哈哈大笑，回答我說：「我覺得你遮蔽起來才奇怪呢！」

4

我已漸漸懂得河童日常使用的語言，也因此了解了河童的風俗與習慣。其中最不可思議的是，河童對我們人類認爲是一本正經的事都會覺得十分可笑，同時把我們人類覺得可笑的事當作一本正經——這類不合邏輯的事。例如，我們人類講求正義與人道，但是河童一聽到這類的事情，便會捧腹大笑，亦即他們所謂的「滑稽觀念」，與我們所謂的滑稽觀念的標準全然迥異。我曾和察克談及節育的問題，當時察克卻張口大笑，笑得夾鼻眼鏡幾乎掉下來，我的反應當然是大爲惱怒，反詰他有什麼好笑的。我記得察克的回答大概是這樣的，但在細節上或許有所出入，那是因爲我尚未完全理解河童語言的緣故。

「只考慮父母的方便是可笑的，這如意算盤打得太如意了！」

相反地，由我們人類的角度看來，實際上再也沒有比河童的生產更可笑的了。不久之後，我到柏格家參觀柏格太太的生產。河童的生產也和我們人類相同，也是藉助於醫生和助產士而生產，但是生產的那一刻，父親會像打電話般將嘴巴湊在母親的生殖器上，大聲地問：「你是否願意來到這世界，仔細考慮後再回答我！」柏格也彎著膝蓋，如此反覆地詢問

❶ **水虎考略**：文政三年（一八二〇）古賀煜著，是為考察水虎（河童）事跡之著作。

好幾次，然後以放置在桌上的消毒藥水漱口，接著太太腹中的孩子，以稍表歉然的口吻，小聲回答說：

「我不想出生，第一我的父親只會遺傳精神病，再則我相信河童的存在並無好處。」

柏格聽到此番回答時，赧然地搔著頭。此時在旁的助產士，立即用粗大的玻璃管插入柏格太太的生殖器，注射某些液體，於是柏格太太如釋重負般地歎口大氣，同時，方才還鼓漲漲的大肚，此時已如抽去氫氣的汽球般地縮小了。

河童的嬰兒既然能如此回答，當然是一生下來便會走路。察克說有個小孩出生後第二十六天，便能演講關於神之有無的問題，然而卻不到兩個月便去世了。

提到生產，就順便說一下在我來此國度的第三個月，偶然在某街角所看到的大標語，在那大標語底下，畫有十二、三隻吹喇叭的河童和持劍的河童，而且上面寫滿了河童的文字，這些文字有如時鐘發條的螺旋。將這些螺旋文字加以翻譯後，意義大概如下，細節上或許有些錯誤。然而，這是我根據與我同行的一位名叫拉普的河童學生，大聲讀給我聽之後，一一記錄下來的——

徵募遺傳的義勇隊！

健全的男女河童唷！

爲了撲滅惡性遺傳！

與不健全的男女河童結婚吧！

當時，我當然將此事的不可行說給拉普聽，然而，不只是拉普，站在海報附近的河童也都不約而同地大笑起來。

「不可行？但你們人類也不正做著與我們相同的事嗎？你認爲大少爺愛戀女僕，千金小姐愛戀司機，這回事是所爲何來呢？那都是無意識地在撲滅惡性遺傳啊！比起你以前所說的，你們人類的義勇隊——爲了爭奪一條鐵路而互相殘殺的義勇隊——比起這樣的義勇隊，我們的義勇隊不是高尚得多嗎？」

拉普一本正經地說著，但是他的大肚子卻很可笑地不斷地起伏，而我並不覺得可笑，只想趕快抓住某隻河童，因爲乘我疏忽之際，那隻河童偷走了我的鋼筆，但是皮膚光滑的河童，並不是我們能輕易抓住的，那隻河童立刻從我手中一滑，再把瘦如蚊子般的身體一閃，便拼命地逃走了。

5

這位名叫拉普的河童，對我的幫助並不亞於柏格，其中令我無法忘懷的是，他替我介紹了一位名叫托克的河童。托克是河童界的詩人，詩人蓄留著長髮，此點與我們人類無異。我經常到托克家遊玩以消遣解悶，托克總是待在那排滿高山植物盆景的狹窄房間中，一邊寫詩一邊抽煙，過著極爲悠閒的生活。在那房間的一隅有一隻雌河童（托克是自由戀愛者，因此並無太太），不知在編織些什麼。托克每次一看到我，總是微笑地說道：

（但是河童的微笑不甚好看，至少我最初感到有些可怕。）

「啊！歡迎歡迎，喏！那裡請坐。」

托克經常談到河童的生活與河童的藝術。根據托克的觀念，沒有比正常河童的生活方式更爲愚蠢的了，那就是親子、夫婦、兄弟等，一切以相互折磨爲唯一樂趣的生活，尤其是家庭制度，更是愚蠢加上白痴。

有時，托克會指著窗外，唾棄地說：「你看！那副愚蠢的模樣！」當時窗外的街道上，有一隻年紀尚輕的河童，以好像是雙親的河童爲首，以及七、八隻河童，吊在頸項四周，上氣不接下氣地走著。但我卻佩服那隻河童的犧牲精神，反而稱讚他的勇敢。

「嗯！你也具有在此國度當市民的資格……那麼，你是社會主義者嗎？」

我當然回答「qua。」（這是河童使用的語言，表示「然也」的意思。）

「那麼應該也是爲了一百個凡人，而不惜犧牲一個天才囉？」

「那麼你是什麼主義者？有人說托克的信仰是無政府主義，是嗎？……」

「我？我是超人（直譯應爲：超河童）。」

托克昂然地說。這種性格的托克在藝術上亦具有獨特的思維。根據托克的觀念，藝術不接受任何支配，是爲藝術而藝術，因此身爲藝術家，首先非得是一位超越善惡的超人不可。但這不一定只是托克一人的意見，而是托克詩人的伙伴們具有的共同意見。如今我經常和托克一起去超人俱樂部。超人俱樂部中聚集有詩人、小說家、劇曲家、評論家、畫家、音樂家、雕刻家等業餘的藝術家，但每一個人都是超人。他們經常在燈光明亮的沙龍中，快活地交談，而且偶爾也得意地互相顯示他們超人的作風。例如，有一位雕刻家在偌大的羊齒植物盆栽間，抓起一位年輕的河童，頻頻玩弄他的男寵（男妓）。又有一位雌小說家，站在桌上在衆人面前一口氣喝下六十瓶的苦艾酒❷，可是喝到第六十瓶時，便滾落到桌子底下，前往極樂世界去了。

在某個月色皎好的夜晚，我與詩人托克挽著胳臂，自超人俱樂部歸來。托克一反平常作風，沈沈地不說一句話，就在這時，我們經過了一扇燈光暗淡的小窗前。在窗子的對面，有一對好似夫婦的雌雄河童，伴著二、三隻小河童在餐桌上共進晚餐。

此時，托克嘆口氣，突然向我說道：

「我雖自認是超人戀愛者，然而見此家庭的情景，仍不免感到十分欣羨。」

「無論怎樣想，你不認爲其中有它的矛盾存在嗎？」

這時托克靜立在月光下，兩臂交叉，凝視小窗口那邊——五隻和睦的河童們正共進晚餐。過了一會兒之後，這樣地回答：

「擺在那兒的炒蛋，再怎麼說，也總比戀愛還來得芬芳啊！」

6

事實上，河童的戀愛與我們人類是大異其趣的。雌河童只要看到雄河童時，便會不計一

---

❷ **苦艾酒**：absinthe（法）混合酒的一種，含有尼葛藥莫奇之浸泡液的綠色甜酒，酒精成分達百分之七十，是十九世紀末藝術家經常飲用的酒。

切手段捕捉雄河童；最正直的雌河童就拼命似地追逐雄河童。我曾親眼看過雌河童發瘋似地追逐雄河童，不，不只如此，年輕的雌河童當然不消說，該雌河童的雙親和兄弟也一起幫她追。雄河童本身眞是悽慘，因東奔西逃的結果，即使幸運沒被逮著，也得在床上躺上二、三個月。有一次，我正在家裡讀托克的詩集時，那位名叫拉普的學生從外面跑了進來，拉普跌進我家時，就往地面一倒，氣喘喘地說：

「不得了了，我終於被抱住了！」

我急忙丟開詩集，把門鎖上，但從鑰匙孔看去，有一隻臉上塗著硫磺粉末，個子矮小的雌河童，仍在門外徘徊。此後，拉普在我的床上躺了好幾個星期，而且不知何時，嘴巴竟然完全潰爛了。

可是偶爾，也是會有拼命追雌河童的雄河童，實際上，這也是雌河童的設計，讓雄河童不得不追雌河童。我曾經親眼看過雄河童發瘋似地追逐雌河童。雌河童在逃跑之際，時時故意停下來觀望，有時四腳爬行，待一逮著好機會，就裝作無可奈何的模樣，輕易地讓雄河童抓住。我看過雄河童抱住雌河童在地上滾了一會兒，可是當它好不容易爬起來一看，不知道是失望，還是後悔，總之是難以形容的可憐相。然而這種情形都還算好。我曾看過一隻小的雄河童在追雌河童，雌河童照例做誘惑性的遁逃，此時，對街有一隻大的雄河童，盛氣凌人地走過來，那隻雌河童不知爲何，竟突然大聲叫喊「不得了啊！請救救我！那隻河童想殺我呀！」那隻雌河童當然立刻抓起小河童，把他摔倒在街道中央，小河童那雙有蹼的小手，在空中抓了幾次，終於斷了氣。但是，此時雌河童卻嗤笑著，一把抱住大河童的頸項。

我所認識的雄河童，都彷彿商量過似地被雌河童追過，擁有妻室的柏格當然也被追過，而且還被抓過二、三次。唯有名叫瑪葛的哲學家（他是住在托克家隔壁的河童）未曾被逮著過一次。這是因爲少有河童像瑪葛這麼醜的緣故吧！另外一個原因，可能是因爲瑪葛不太常上街，一次到晚待在家裡的緣故。我也經常到瑪葛家與他聊天，他總是待在微暗的房間內，點著七彩玻璃燈，坐在高腳桌前，閱讀厚厚的書籍。我曾與瑪葛討論過河童的戀愛問題。

「爲什麼政府不嚴格取締雌河童追逐雄河童呢？」

「原因之一是因爲官吏中雌河童較少之故，雌河童比雄河童更善於嫉妒。如果雌河童的官吏增加，應可以不像現在那樣追逐雄河童而過活吧！但是效果不彰也是衆所皆知，爲什麼呢？因爲官吏同僚間，雌的河童官吏也會追逐雄的官吏啊！」

「那麼，像你這樣的生活是最幸福的囉！」

此時，瑪葛離開座椅，握著我的雙手，嘆氣地回答說：

「因爲你不是河童，不了解我們乃是理所當然，然而，我偶爾也會無端地希望被那可怕的雌河童追逐的啊！」

7

我也經常和詩人托克去聽音樂會，但是，至今仍無法忘懷的是第三次去聽的那場音樂會。會場的樣子與日本並無大差別，也是三、四百隻河童坐在逐漸向後升高的座位上，一手拿著節目表，專心地傾聽。我第三次去聽音樂會時，除了詩人托克和托克的雌河童之外，尙有哲學家瑪葛同去，一起坐在最前排。當低音大提琴獨奏完畢之後，有一隻眼睛很小的河童，輕輕鬆鬆地帶著樂譜上台，根據節目單的介紹，他是很出名的作曲家克拉柏克。根據節目表的介紹——不，根本不用看節目表，克拉柏格是托克所屬之超人俱樂部的會員，所以我早已見過他的。「Lied——Crabck。」❸（這個國度的節目表大多用德文書寫）

克拉柏克在熱烈的掌聲中，向我們稍稍行了禮之後，靜靜地走向鋼琴前，然後便輕鬆地彈起自己所作的曲子Lied。聽托克說，克拉柏克是此國度的音樂家中，首屈一指的天才。我喜愛克拉柏克的音樂當然是不待說，我也對他閒暇時寫的抒情詩感到興趣，因此我醉心傾聽那大弓型鋼琴所發出的音樂。托克和瑪葛陶醉的程度或許勝於我，然而，那隻美麗的（至少河童們這麼認爲）河童卻緊緊地握著節目表，時時伸出長長的舌頭，顯得非常焦躁。據瑪葛所言，那是大約十年前，她想抓克拉柏克，卻沒抓到，至今仍視此音樂家爲敵人的緣故。

克拉柏克渾身充滿熱情，作戰似地繼續彈奏鋼琴，此時，會場中突然響聲雷鳴般的「禁止演奏」的聲音，我被這聲音嚇了一跳，不覺地轉頭，發出聲音的，無疑是坐在最後一排的身材魁梧的警察，警察在我回頭那一刻，悠悠哉哉地坐下，再次發出比先前更大聲的怒喊「禁止演奏」，然後——

接下來，是會場一片大混亂。「警察橫行霸道！」、「克拉柏克！彈！彈！」、「可惡！」、「畜牲！」、「滾出去！」、「不要投降！」——在這些聲浪起伏中，椅子倒了，節目表滿天飛，再加上不知是誰丟的空罐子、石頭，甚至啃到一半的小黃瓜也丟出來了。我目瞪口呆地想問托克到底怎麼一回事，但，托克顯得非常激動，站在椅子上，不斷地高喊：

「克拉柏克！彈！彈！」而追求過托克的雌河童，此刻也彷彿忘掉敵意似的，叫喊著：「警察橫行霸道！」其激動的情形與托克一模一樣。

在不得已的情況下，我轉向瑪葛說：「怎麼一回事？」

「這嗎？這是這個國家經常發生的事，本來繪畫啦！文藝啦……」

瑪葛每當東西飛來時，就縮起脖子，但仍靜靜地繼續說明：

「本來繪畫啦，文藝啦！這些藝術無論如何表達，任何人只要一看便能瞭解，因此在這個國家絕對沒有禁止發售、禁止展覽這回事，相反地，禁止演奏則不然，因爲音樂這玩意兒，無論是多麼傷風敗俗的曲調，沒有耳朵的河童是聽不懂的。」

「但是，那個警察有耳朵嗎？」

「有啊！那就是疑問所在，或許他聽到現在彈奏的旋律，聯想到和他太太在睡覺時心臟的鼓動吧！」

在我詢問瑪葛的期間，騷動愈來愈盛。克拉柏克依然向著鋼琴，傲然地轉頭看我們，然而，不論是多麼傲然，各式各樣的東西飛來時，也不能不躲。因此每隔二、三秒，他的姿勢就得改變，但在大體上仍不失大音樂家的威嚴，細小的眼睛發出赫赫的光芒。我——我當然也爲了避免危險，而以托克當擋箭牌，只是好奇心依然驅使我繼續和瑪葛講話。

「這樣的檢查方式不是很野蠻嗎？」

---

❸ Lied：獨唱歌曲。

「什麼？這比任何國家的檢查方式都更進步了！例如，請看××，就在一個月前……」

正當瑪葛說到這裡時，很不巧一個空罐子落在瑪葛的頭上，他唉叫了一聲quack（這是感歎詞），就昏倒了。

8

我對玻璃公司的董事長葛爾，不知爲何特別有好感，葛爾是資本家中的資本家。恐怕在這個國家裡的河童中，再也找不出肚子像葛爾這麼大的河童了。坐在搖椅上的他，左有荔枝般的太太，右有黃瓜般的子女，眞是夠幸福的了。我經常跟醫生察克和法官拉普到葛爾的家進晚餐。而且帶著葛爾的介紹信，到葛爾或和葛爾的朋友有點關係的工廠去參觀。在各式各樣的工廠中，最令我感到有趣的是書籍製造公司的工廠。我和年輕的河童技師走進工廠，當我看到以水力電氣爲動力的大型機器時，不禁驚歎河童國家機械上工業的進步。據說，這裡一年可以製造七百萬本的書籍，然而，讓我驚訝的不是書籍的數量，而是製造那麼多書籍竟一點也不費事，因爲這個國家製造書本時，只要把紙、墨水和灰色的粉末倒入機械的漏斗型開口即可。這些原料倒入機械中之後，不到五分鐘便能印出無數本的菊版、四六版、菊半裁版等版本的書。我望著如瀑布般流瀉而出的書本，詢問挺胸的河童技師，那灰色粉末是什麼東西？此時技師站在發著黑光的機械前，很無趣似地回答說：

「這嗎？這是驢子的腦髓，等它乾燥後，再製成粉末，時價是一噸二、三錢。」

當然這種工業上的奇蹟，不僅止於書籍製造公司，繪畫製造公司，音樂製造公司，也同樣具有這種奇蹟。實際上，據葛爾說，這個國家平均一個月有七、八百種機械發明，任何事都不需人力便可大量生產，因此被解雇的職工不下四、五萬隻。但在這個國度，即使養成每天早上看報紙的習慣，卻從來不曾看過罷工的字眼，我覺得很奇怪，有一次，和派普與察克被邀到葛爾家進晚餐，我便趁此機會問個究竟。

「那是因爲全部被吃掉了。」

口銜餐後香菸的葛爾輕鬆地說著，但我卻不懂何謂「吃掉」？

戴著夾鼻眼鏡的察克發現我的疑慮，於是插進來對我說明。

「那些職工全部被殺，並將他們當作食物使用，看看登在那兒的新聞，這個月剛好有六萬四千七百六十九隻職工被解雇，因此肉價也就下跌了。」

「職工甘心默默被殺嗎？」

「即使騷動也毫無用處，因爲立有職工屠宰法。」

這是坐在山桃盆裁前面，苦著臉的派普所說的話。我當然甚感不快，但主人葛爾認爲這是當然，派普和柏格似乎也認爲是理所當然，此時察克笑著，以嘲笑的口吻對我說：

「也就是說國家替職工們省略餓死和自殺的手續，因爲只要讓他們嗅一嗅有毒瓦斯，不會有多大痛苦的……」

「但是，吃他們的肉……」

「不要說笑了，這話如果讓葛爾聽到，他一定會捧腹大笑，你的國家中，第四階級❹的女孩不也是當賣笑女郎嗎？爲吃職工的肉感到憤慨是感傷主義啊！」

聽到這個問答的瑪葛，勸我們吃放在旁邊桌上盤子內的三明治，恬然地說：

「怎麼樣？吃一個吧！這也是職工的肉啊！」

我當然是退避三舍。不！不僅如此，我將派普和察克的笑聲拋在腦後，飛奔出葛爾家的客廳。那恰巧是一個家家戶戶的天空上，都看不到一點星光的荒涼的夜，我在黑暗中奔回我的住處，一路上還不斷地嘔吐，在夜色中，吐出來的東西白慘慘的。

9

但是，玻璃公司董事長葛爾，無庸置疑也是一隻平易近人的河童。我經常和葛爾一起到他所屬的俱樂部去度過愉快的一晚。因爲那個俱樂部比托克所屬的超人俱樂部，更教人覺得舒服，而且葛爾的話語，雖不像哲學家瑪葛的話那般有深度，卻給我一個煥然一新的世界——讓我窺視了廣闊的世界。葛爾總是拿著純金的湯匙攪拌著咖啡，快活地談天說地。

在一個濃霧瀰漫的夜晚，我隔著插有盛開之薔薇的花瓶聽葛爾說話。那晚的房間布置我當然清晰記得，分離式❺的房間，椅子和桌子全部是白底金邊。葛爾似乎比平常更得意，臉上泛滿微笑，談的話題是當時掌握天下政權的Quorax黨內閣的事。Quorax一詞乃是無意義的感歎詞，只能解釋爲「哎呀」的意思。總之，那是一個標榜著爲「全體河童利益」的政黨。

「支配著Quorax黨的是名政治家洛培。「正直是最佳的外交」是俾斯麥所說的話，但洛培卻把它應用到內政上……」

「然而，洛培的演說是……」

「啊！你且聽我說，那演說完全是一派胡言，可是，既然誰都知道那是謊言，因此畢竟與正直無異吧！將它一概說成謊言那只是你們的偏見，我們河童不像你們……但這些姑且不談，我們談的是洛培的事，洛培支配Quorax黨，而Pou-Fou報（此「樸夫」一詞也是無意義的感歎詞，若硬要翻譯，也只能譯成「啊！」）的社長庫伊庫伊，但庫伊庫伊本身也絕對不是自己的主人，支配庫伊庫伊的就是在你面前的葛爾。」

「但是——這或許有點冒昧，但是樸夫報是偏袒勞動者的報紙吧！而其社長卻受你的支配，這是怎麼一回事？……」

「樸夫報的記者當然是偏袒勞動者，但支配記者的不是他人，正是庫伊庫伊，而庫伊庫伊是一定得接受葛爾的後援不可。」

葛爾依然微笑著，把玩著純金的湯匙，我看著這副模樣的葛爾，與其說是憎恨葛爾，倒不如說是同情起新聞記者們來了。

---

❹ **第四階級**：第一階級：國王、領主，第二階級：貴族、僧侶，第三階級：市民階級，此處所指的是為新興的勞動者階級。

❺ **分離式**：secession（英）是分離派，十九世紀末興起的新藝術運動，分離自舊時藝術，以創造新藝術為目標，在建築、工藝的領域中呼應，去蕪存菁，揭示單純的藝術。

此時，葛爾似乎發覺我的無言是對記者們的同情，因而鼓著大肚子說：

「樸夫報的記者也不盡然全是袒護勞動者的，因爲至少我們河童，與其說是偏袒誰，不如說是先偏袒自己，……但最困擾的連我葛爾也是受制於他人，你道是誰呢？那人就是我的太太，美麗的葛爾夫人啊！呵！呵！」

葛爾放聲大笑！

「那可說是一種幸福吧！」

「總之，我是滿足了，但這件事只能在你面前——在不是河童的你面前，才敢肆無忌憚地說出來。」

「那麼，也就是說Quorax黨是受制於葛爾夫人囉！」

「或許可以這樣說……然而，七年前的戰爭的確是爲了一個女人而爆發的。」

「戰爭？這個國家也有戰爭嗎？」

「當然有，將來也不知何時會再發生，總之只要有鄰國……」

實際上從這時開始，我才知道河童國度在國家的意義上，並不是孤立的。根據葛爾的說明，河童一直把水獺當成假想敵，而且水獺具有不亞於河童的軍備。我對河童以水獺爲對手的戰爭故事，感到非常的有興趣。（因爲河童的強敵是水獺這點，《水虎考略》的作者當然不知道，就連《山島民譚集》❻的作者柳田國男先生也不知道的新事實。）

「在那戰爭爆發之前，兩國當然都不敢掉以輕心地窺探對方，因爲雙方都同樣畏懼對方的緣故。當時這個國家住有一隻水獺，他去拜訪一位河童夫婦，當時雌河童正打算害死丈夫，因爲丈夫是個浪蕩漢，而且投有人壽保險，這對她來說多少或許有點誘惑。」
「你認識那對夫婦嗎？」
「嗯──不！只認識雄河童，我妻子等人把雄河童說得像惡人一般，但我並不認爲，與其說他是個惡人，倒不如說是怕被雌河童抓住的，患有被害妄想症的瘋子……因此，雌河童將氰化鉀放入丈夫的可可亞杯中，然後，不知爲何竟搞錯了，將它端給客人水獺喝。水獺當然是一命嗚呼死了，然後……」
「然後，就爆發戰爭了嗎？」
「是的，很不湊巧那隻水獺是佩有勳章的大人物哩！」
「那方戰勝了呢？」
「當然是我國勝了。三十六萬九千五百隻河童因此而勇敢地陣亡了，但與敵國一比，這種損失不算什麼，這個國家的毛皮大多都是水獺皮。戰爭期間，我除了製造玻璃之外，也運送煤炭屑到戰地去。」
「煤炭屑是作何用處呢？」
「當然是充當糧食，我們河童肚子餓的時候，是什麼東西都吃的。」
「那──請你不要生氣，那對於戰地的河童們……在我們的國家算是醜聞啊！」
「在這個國家也是醜聞，但是如果我自己這麼說，就任誰也不會當它是醜聞。就如哲學

❻ **山島民譚集**：大正三年刊行，多記述有關河童的記述。

家葛爾曾說過的：『汝惡汝自言之，惡自消滅』……而且，我除了謀利益之外，還帶有熾熱的愛國心呢！」

就在這當兒，從那邊走來一位俱樂部的侍者，侍者向葛爾行了個禮之後，朗誦似地說：

「府上的隔壁失火了。」

「失——失火！」

葛爾驚嚇地站起來，我當然也站了起來。

但是，侍者卻又從容不迫地接著說：

「但已撲滅了。」

葛爾目送著侍者離去，露出近乎於哭笑不得的表情。我見他這般表情，發覺我不知何時曾厭惡過這位玻璃公司的董事長，然而，此刻的葛爾已不是個什麼資本家，只是一隻普普通通的河童站立在那兒。我摘下花瓶中的冬薔薇花，遞給葛爾。

「雖說火已撲滅，但夫人一定受驚了，喏！把這朵花帶回去吧！」

「謝謝！」

葛爾握著我的手，然後突然笑了出來，小聲地對我說：

「隔壁的房子是我出租的，可以拿到火災保險金唷！」

我對葛爾此刻的微笑——既不得輕蔑，亦不能憎惡的微笑，至今仍歷歷在目。

10

「怎麼了？今天怎麼又悶悶不樂了呢？」

那次失火的翌日。我抽著香菸，向坐在客廳椅子上的學生拉普這麼說。實際上，拉普將左腳跨在右腳上，低著頭茫然地看著地板，到底是怎麼一回事呢？

「不，沒什麼，只是一些無聊的事——」

拉普好不容易抬起頭來，發出悲傷的氣息。

「我今天望著窗外，不知不覺地喃喃自語：『除蟲的菫花開了。』此時，妹妹突然變了臉色，向我亂發脾氣說：『原來我是除蟲菫啊！』加上我媽媽本來就袒護妹妹，因此也衝著我責罵起來。」

「除蟲菫開了，怎麼會惹得令妹怏怏不快呢？」

「這！大概是她把它當作是抓雄河童的意思吧！除此之外，一向與母親不和睦的叔母也介入爭吵，因而引起更大的騷動，而且終年喝得醉醺醺的父親，聽到爭吵之後，也不分青紅皂白對每個人揮打起來，正當鬧得不可開交的時間，弟弟趁機又偷走了母親的錢包，不知是看電影或做什麼去了，我……我真的已……」

拉普將臉埋在雙手裏，默默地哭泣，我對他當然感到無限同情，同時當然也想起托克詩人對家庭制度的輕蔑，我拍拍拉普的肩膀，竭盡所能地安慰他。

「每個地方都會發生這種事！提起勇氣來吧！」

「但是……但是，如果嘴巴沒有爛……」
「那只好想開點，好了，咱們到托克家去走走吧！」
「托克先生瞧不起我，因爲我無法像托克那樣，大膽地捨棄家庭。」
「那麼到克拉柏克家去吧！」
自從那場音樂會以來，我和克拉柏克也成了朋友，總之，我是決定帶拉普到這大音樂家的家去了。克拉柏克的生活遠比托克奢侈，但卻不像大資本家葛爾那般，他只是把各式各樣的古董——塔那古拉的娃娃❼或波斯的陶器，擺得整個房子滿滿的，並在其中置有一張土耳其式的長椅，克拉柏克經常在自身的肖像畫下，與孩子們一起嬉戲。然而，今天不知爲何，竟兩臂交在胸前，哭喪著臉坐著，而且腳邊撒滿了紙屑。拉普也經常和詩人托克來看克拉柏克，但見此情狀，也不禁驚愕，於是恭敬地行了禮之後，便默默地坐在房間的一隅。
「怎麼了？克拉柏克。」
我以詢問代替問候，向這位大音樂家這樣說著。
「怎麼了嗎？傻瓜評論家？竟說我的抒情詩比不上托克的抒情詩。」
「但你是音樂家啊！……」
「若只是如此，我尚可忍受，但……他們竟然還說，我若和洛克一比，則不配稱爲一名音樂家。」
洛克是經常與克拉柏克相提並論的音樂家，很不湊巧他並不是超人俱樂部的會員，因此無緣與他結識，但卻經常看到照片上的他，嘴巴往上翹，一副彷彿染有怪癖的臉孔。

「洛克的確是一位天才，但洛克的音樂並不像你的音樂，洋溢著近代的熱情。」

「你眞的這樣認爲嗎？」

「當然是眞的。」

此時，克拉柏克突然站起來，抓起它那古拉娃娃，冷不防地往地上一摔。拉普大概被嚇著了，高叫一聲想逃出去，克拉柏克卻對我和拉普做了個手勢，表示叫我們「不用害怕」，繼續以冷冷的口吻說：

「那是因爲你也像俗人一樣沒有耳朵，我是懼怕洛克的……」

「你？你不要假裝謙虛了。」

「是在假裝謙虛？第一，我若在你們面前裝模作樣，那我也就會在評論家面前裝模作樣，我——克拉柏克是天才，如此一來，我就不會怕洛克。」

「但你在懼怕什麼呢？」

「一種不明究裡的東西——可說是支配洛克的星辰。」

「我不懂。」

「那麼這樣說你就會懂的。洛克不受我的影響，我卻經常受到洛克的影響。」

「那是你的感受性……」

---

❼ **塔那古拉的娃娃**：古代希臘末期的小型風俗娃娃，塔那格拉（Tanagra）是古代希臘都市，古玩是發掘紀元前三世紀的此地墳墓，因以得名。

「好了！且聽我說吧！並非所謂的感受性問題，洛克總是能安安心心地去做他所要做的事，而我卻焦躁不安。這在洛克的眼光看來，或許只是一步之差，但我卻認爲差之千里。」

「但，先生的英雄曲是……」

克拉柏克將細小的眼睛瞇得更小，憤憤然似地盯著拉普。

「給我住口，你懂什麼？我是了解洛克的，比向洛克俯伏低頭的狗更了解洛克。」

「唉！冷靜點吧！」

「如果能冷靜……我常常這樣想，——我所不知道的某種東西，爲了嘲笑我——嘲笑克拉柏克，而使洛克出現在我的眼前。這些事情，哲學家瑪葛知道得一清二楚。雖然他總是整天都待在那有顏色的玻璃吊燈下，閱讀著那些古舊破爛的書。」

「爲什麼呢？」

「你自己去看看瑪葛最近所寫的《阿呆的話》吧！」

克拉柏克遞給我一本書——雖說是遞，倒不如說是用丟的。

然後，他將雙手交抱在胸前，毫不留情地說著：

「今天就此失陪了！」

我與悄然低著頭的拉普，又走到街頭來。行人如織的街道上，各式各樣的商店，依然並列在山毛櫸的樹蔭下。我們倆一句話也不說，默默地走下去。此時，長髮詩人托克正巧經過那裡，托克看到我們時，從腹袋中掏出手帕，不斷地擦拭額頭。

「嗨！多天不見了，我今天想去找久未見面的克拉柏克……」

我認為讓這些藝術家朋友們吵架，並非好事。於是，委婉地告訴托克說克拉柏克此時的心情是多麼的不愉快。

「這樣子啊！那麼我就取消念頭吧！因為克拉柏克神經衰弱呢！……這二、三個星期，我也深深為失眠而苦。」

「怎麼樣？和我們一起散散步吧！」

「不了！今天不去了。唉呀！」

托克突然這樣叫著，並緊緊地抓住我的手臂，而且全身冒著冷汗。

「怎麼了？」

「怎麼了呢？」

「我好像看到一隻綠色猴子，從那汽車的窗口探出頭來。」

我有點擔心，勸他最好找察克醫生檢查看看。但無論怎麼說，托克絲毫不見要去的意思，而且好像懷疑什麼似地，看了看我們倆的臉，甚至說出這樣的話。

「我絕對不是無政府主義者，這點請你們千萬不要忘記。──那麼再見了！察克那邊不用去了。」

我倆茫茫然地站在那裡，目送托克的背影離去。我們──不！不是「我們」，學生拉普不知何時已站在街道的中央，張開雙腿，由胯下窺看絡繹不絕的汽車與行人。我以為這河童也瘋了，驚異地拉起拉普。

「這可開不得玩笑的，你在做什麼呢？」

但是拉普搓揉著眼睛，出人意料地冷靜地回答說：

「不！因爲太憂鬱了，所以想倒看這個世界，結果，還是一樣。」

11

以下是哲學家瑪葛所寫的《阿呆的話》中的某些章節。

阿呆總是相信，除他以外的人都是阿呆。

我們熱愛自然，是因爲自然不憎惡或嫉妒我們之故。

最聰明的生活，是輕蔑一個時代的習慣，並絲毫不破壞該習慣地生活著。

我們最想自豪的，是我們所未擁有的東西。

任何人皆對破壞偶像不存異議，同時，任何人也都對成爲偶像不存異議。但能安然坐鎮於偶像寶座上者，乃是最受神庇護之人——阿呆？是壞人？是英雄？（克拉柏克在此章上留有爪痕。）

我們生活上的必要思想，或許在三千年前即已罄盡，我們只是在舊柴薪上加上新的火焰罷了！

我們的特色，是想超越我們自身的一切意識。

若幸福伴有苦痛，平和伴有倦怠——？

替自己辯護比爲他人辯護困難。懷疑者請看律師。

矜持、愛慾、疑惑——三千年來，一切罪惡皆發自於此三者，同時，恐怕所有的美德亦然。

減低物質的慾望，不一定能帶來和平。我們欲得和平，則非減低精神的慾望不可。

（克拉柏克在此章上也留有爪痕。）

我們比人類不幸，因爲人類不像河童進化。（我看到此章時，禁不住笑出來。）

成功就是成就，成就就是成功。畢竟我們的生活是擺脫不了這種循環法則。——亦即不合理地自始至終。

波特萊爾變成白痴之後，他的人生觀只能以一句話——女陰（女性器官名詞）的這句話來表示。但這句話不一定能說明他。毋寧信賴他的天才——因爲信賴足以維持他生活上之詩的天才，所以他忘記了胃腸一詞。（本章亦留有克拉柏克的爪痕。）

若以理性相始終，我們當然非得否定我們本身的存在不可。奉理性爲神祇的伏爾泰❽之所以能幸福地終其一生，乃表示人類不及河童進化。

12

在一個較爲寒冷的午後，我讀膩了《阿呆的話》，因此便去拜訪哲學家瑪葛。此時，在一寂靜的街角，有一隻瘦如蚊子的河童，茫茫然地靠在牆上，無庸置疑地，他就是偷我的鋼筆的河童，我心想這下子你可糟了，我叫住剛好經過這裡的一位身材魁梧的警察。

「請調查一下那個河童，那個河童大約在一個月前偷走了我的鋼筆。」

警察舉起右手的棒子（此一國度的警察以拿水松木所製成的木棒代替劍）「喂！你！」他向那個河童大聲喊著，我以爲那隻河童會逃走，但，出人意料的，他竟鎮定地走向警察，而且雙臂交抱，傲然地瞪著我和警察的臉。然而警察並不生氣，從腹袋中拿出手冊，迅速著手詢問。

「你叫什麼名字？」
「格魯克」
「職業？」
「二、三天前還是個郵差。」
「好的！根據此人的申訴，你偷走了他的鋼筆。」
「是的，大約一個月前偷的。」
「爲什麼偷鋼筆呢？」
「想給孩子當玩具。」
「那個孩子呢？」
警察此時才以銳利的目光注視那隻河童。
「在一星期前死了。」
「有沒有帶死亡證明書。」
細瘦的河童從腹袋中掏出一張紙來，警察看了那張紙，突然笑呵呵地拍拍他的肩膀。
「好了，辛苦了。」
我楞楞地望著警察，而且此時那隻瘦骨如柴的河童，口中喃喃自語，不知說些什麼，抛

---

❽ **伏爾泰**：Voltaire本名是Francois marie Aronet（一六九四～一七七八），為法國的啓蒙思想家，信奉理性與進步，批判天主教徒，反對禁欲。

下我們走了，我好不容易恢復神智，向警察詢問道：

「為什麼不抓那隻河童呢？」

「那河童無罪啊！」

「但他偷走我的鋼筆……」

「他是為了給小孩當玩具，但那小孩已經死了，你若有何不明白之處，可以查看刑法第一千二百八十五條。」

警察說完這番話後，便逕自走了。我沒辦法，口中直唸著「刑法第一千二百八十五條」，匆匆忙忙地趕往瑪葛家去。哲學家瑪葛是好客的，今天在昏暗的房間中，亦聚集有法官培普和醫生察克，以及玻璃公司的董事長葛爾等，在七彩的玻璃燈之下，香菸之煙霧裊裊上昇。法官培普也在場，這對我而言，是最方便不過的了。我一坐下來，便立刻詢問培普關於刑法第一千二百八十五條的問題。

「培普先生，很冒昧，請問貴國不處罰犯人嗎？」

培普首先悠哉地吹起金嘴香菸的煙，一副很無趣似地回答說：

「當然處罰，甚且也執行死刑。」

「但是，我在一個月前……」

我說完了原委之後，即詢問關於刑法第一千二百八十五條的事情。

「嗯！那是這樣的。——『無論犯了任何滔天大罪，如果促使該犯罪的原因消失，則不得處罰該罪犯』依你的情形而言，那個河童曾為人父，如今卻不是人父，因此犯罪也就自然消失了。」

「那太不合理了。」

「別開玩笑，把曾為人父的河童與現為人父的河童一視同仁，那才是不合理的，是的，是的，日本的法律是一視同仁，但那對我們而言是滑稽的。嘻嘻嘻嘻……」

培普丟掉香菸，發出有氣無力的淺笑。此時開口說話的，是與法律扯不上邊的察克，察克稍微扶正夾鼻眼鏡，這樣地問我：

「日本也有死刑嗎？」

「當然有，日本是絞刑。」

我對培普的冷淡態度，多少有點反感，因而趁此機會諷刺他。

「貴國的死刑該比日本更為文明呢？」

「當然比日本文明。」

培普依然一副鎮定沈著的模樣。

「這個國家是不用絞刑的，偶爾使用電刑，但通常也不使用電刑，只要把罪刑名稱告訴罪犯即可。」

「只是這樣，河童便會死嗎？」

「當然會死，因為我們河童的神經作用較你們人類微妙。」

「那不只是死刑，亦可藉助此法來殺人——」

董事長葛爾在彩色玻璃光下，整張臉染成了紫色，浮現和藹的笑容。

「我最近也因為被某個社會主義者罵說：『你是強盜』，而引發了心臟麻痺。」
「這類事情似乎出人意料的多，就我所知，有個律師也是因此而死。」
我回頭看插入這句話的河童——哲學家瑪葛。瑪葛依然像往常一般，露出諷刺性的微笑，不看任何人地自顧講自己的話。
「那個河童不知被誰罵是青蛙——當然，誠如你所知，在這個國家被罵成青蛙，相當於人類被罵成不是人一樣——我是青蛙嗎？不是青蛙嗎？那河童每天想著這個問題，最後終於死亡。」
「那等於自殺嘛！」
「可是，把那個河童說成青蛙的那個傢伙，是存心要殺害他而說的吧！依你們看來，那也算是自殺……」
正當瑪葛這樣說時，突然那個房間的隔壁——就是詩人托克的家，發出一響尖銳的手槍聲，彷佛空氣反彈，槍聲激盪其間。

13

我們趕往托克家，托克右手握著手槍，血由頭頂的盆子流了出來，仰倒在高山植物的盆栽間，其身旁有一隻雌河童，俯首在托克的胸上，放聲哀號，我抱起雌河童（雖然我並不喜歡接觸河童滑溜溜的皮膚），並問她：「怎麼一回事？」
「我也不知道怎麼一回事，只是不知正在寫什麼時，冷不防地就用手槍打了頭。啊！我

該怎麼辦？qur-r-r-r,qu-r-r-r-r——」（這是河童的哭聲）

「總之，托克一向是我行我素呀！」玻璃公司的董事長葛爾悲傷地搖搖頭，並向法官培普說話。但培普悶聲不響地逕自點燃了金嘴香菸。此時，依然跪著爲托克檢查傷口的察克，以當醫生的一貫態度，向我們五人宣佈。（實際上是一個人和五隻河童）

「已經沒有希望了，托克本來就患有胃病，這也是容易併發憂鬱症的。」

「聽說在寫什麼！」

哲學家瑪葛辯解似地也獨自喃喃自語，邊拿起桌上的紙，我們大家都引頸（但唯有我例外），越過瑪葛寬闊的肩膀，去看那張紙。

「唉！起程前往吧！朝那隔著婆娑世界的山谷。
山崖險峻，山水清清，
朝藥草花馥郁的山谷。」

瑪葛回頭看著我們，微露苦笑地說：

「這是剽竊歌德的『美孃之歌』，托克的自殺，是因爲厭倦了當詩人。」

此時，偶然開車來的，是那個音樂家克拉柏克。克拉柏克見此光景，頃刻間，佇立在門口，當他向我們走近時，如怒吼般地向瑪葛說：

「那是托克的遺囑嗎？」

「不！是最後寫的詩。」

「詩。」

依然一點也不激動的瑪葛，將托克的詩稿遞給了怒髮衝冠的克拉柏克。克拉柏克旁若無人地、熱心地朗誦著那篇詩稿，而且甚至對瑪葛的話，也幾乎不作答。

「你對托克的死有何想法？」

「唉！起程……我也不知道自己什麼時候會死……朝那隔著婆娑世界的山谷……」

「但，你不也是托克的好友嗎？」

「好友？托克一直都是孤獨的……朝那隔著婆娑世界的山谷……只是托克卻不幸地……山崖險峻……」

「卻不幸地？」

「山水清清……你們是幸福的……山崖險峻……」

我對不斷哭泣的雌河童，感到無限的同情，因此輕輕抱著她的肩膀，帶她到房間一隅的長椅上坐，那裡有一隻大約二歲或三歲的河童，什麼也不懂地笑著。我代雌河童去哄小河童，此時，我感到淚水也濡濕了我的眼——我住在河童國的期間，所流過的眼淚，前前後後也僅此一次。

「然而，家中有一個這樣我行我素的河童，也眞是可憐。」

「因為總是不考慮後果。」

法官培普又點上一根香菸，回答著資本家葛爾的話。此時，令我們驚訝的是音樂家克拉柏克的大叫聲，克拉柏克握著詩稿，大聲叫道：

「了不得！這可成了最佳輓歌。」

克拉柏克細小的眼睛，赫赫有光，握了一下瑪葛的手，突然向門外飛奔出去。當然，此時鄰近的許多河童，都聚集在托克的家門口，好奇似地窺探屋內。克拉柏克無視人群的擁擠，拼命撥開這些河童，快速地跳上汽車，同時發動引擎，突然地不知去向。

「喂！喂！不可以這樣聚著看。」

法官培普代替警察，趕走了大批的河童之後，關起托克的家門，屋內因此突然顯得很寂靜。我們就在這樣的靜寂中——高山植物的花香夾雜托克的血腥味中，討論如何善後。然而，那個哲學家瑪葛望著托克的屍體，茫茫然地不知在想些什麼，我拍拍瑪葛的肩，問他：

「想什麼啊？」

「想所謂的河童生活。」

「河童的生活怎麼啦？」

「我們河童，總而言之，如欲充實河童的生活……」

瑪葛帶點害羞地低聲補充：

「總之，就得要相信我們河童以外的不知名的力量。」

14

讓我想起宗教這回事的，是瑪葛的這番話。我是個唯物論主義者，當然從未認眞地思考過宗教。然而，此刻克拉柏克，讓我受到某種感動，因而想到河童的宗教到底是什麼？我即刻向學生拉普問這個問題。

「基督教、佛教、回教、拜火教等都很盛行。最有勢力的當首推近代教，也可稱爲生活教。」（譯爲「生活教」或許不恰當，其原語爲Quemoocha，cha相當於英語中ism的意思。quemoo的原形是quemal，直譯是「生存」的意思，但倒不如譯成「吃飯、喝酒、性交」來得恰當。）

「那麼，貴國應該也有教會或寺院吧！」

「別開玩笑了，近代教的大寺院是本國的第一大建築唷！怎麼樣？去參觀看看吧！」

在一個陰天的午後，拉普揚揚得意地和我一起到了這個大寺院。的確，那是比尼古拉大教堂大上十倍的大建築，而且是融合所有建築樣式的大建築。我站在此大寺院前，眺望高塔和圓形屋頂時，感到一種無名的恐懼，實際上它們看起來就像是無數向天伸展的觸手。我們倆佇立在大門前，（與大門一比，我們是顯得何等的渺小啊！）仰望了一會兒雖說是建築，倒像是蠻橫無理之大怪物的稀世大寺院。

大寺院的內部也極廣大。在聳立的科林斯式❾圓柱間，有幾個參拜的信徒在前進，但他們看起來也像我們一樣，顯得非常渺小，此時，我們碰到一隻駝背的河童，拉普向這個河童稍微行了個禮，恭敬地說：

「長老，貴體康泰，不勝欣喜。」

長老河童回禮之後，也恭敬地回答：

「這是拉普先生嗎？你也——（話說到一半，卻接不下去，可能是注意到拉普的嘴巴腐爛了）——啊！反正看起來也很健康的樣子，但，今天爲什麼又……」

「今天這是陪這位先生前來，這位先生你知道吧！——」

然後拉普滔滔不絕地說了些關於我的事，彷彿將此當作他不常來此大寺院的辯解。

「順便想拜託你帶這位先生參觀參觀。」

長老大方地微笑著，首先向我們問好，並靜靜地指向正面的祭壇。

「雖說是你的嚮導，卻也幫不上什麼忙，我們信徒所膜拜的是設在正面祭壇的『生命之樹』，這『生命之樹』就如你所看到的，結有金果和綠果，金色果實代表『善之果』，綠色果實代表『惡之果』……」

我們對這樣的說明已感到無聊，堂堂一位長老，說起話來也是陳腔濫調，我當然假裝熱心傾聽的樣子，卻時時不忘偷偷瞄一眼大寺院的內部。

科林斯式的柱子，哥特式⑩的圓形頂棚，阿拉伯式的明暗方格花紋地板，帶著分離派色

---

❾ **科林斯式**：Corinth古代希臘的建築樣式之一，由於華麗、纖細，柱頭採用葉板的模式，是為其特色，古代希臘都市國家乃崛起於科林斯式。

❿ **哥特式**：Gothic盛行於中世紀的歐洲，具有高型尖塔的直線組合，此建築樣式為其特色，十二世紀至十五世紀是為最盛時期。

彩的祈禱桌——這些東西所形成的調和，具有一種奇妙的野蠻之美。但最惹我注意的，是位在兩側神龕⑪中的大理石半身像，我覺得彷彿與它們似曾相識，那也沒什麼不可思議。那個駝背的河童說明了「生命之樹」後，和我與拉普一起走向右側的神龕之前，繼續說明那神龕中半身像。

「這是我們的聖徒之一——反叛一切事物的史特林堡，這位聖徒受盡各種苦難之後，據說因史威登堡⑫的哲學而得救，然而，事實上並未得救，這個聖徒和我們一樣，信奉生活教——雖說如此，倒應該說是不得不信吧！請閱覽這位聖徒遺留給我們的《傳說》一書，這個聖徒也是自殺未遂者，這是一本聖徒自身的告白。」

我變得有點憂鬱，將目光移向下一個神龕。在下一個神龕的半身像，是一個鬍鬚粗糙的德國人。

「這位是查拉圖斯特拉的詩人尼采。這位聖徒曾向他自己所創造的超人求救，但還沒得救，便成了瘋子。如果他沒有變成瘋子，或許就無法加入聖徒之列……」

長老沈默一會兒後，便引導我們走向第三個神龕。

「第三個是托爾斯泰。這位聖徒所經歷的苦行比誰都多。因爲他原本是貴族，不願讓富於好奇心的公眾看見痛苦的緣故。這個聖徒事實上曾試圖努力信奉自己不願信奉的基督教，不！甚至曾公開宣稱他堅持自己的信仰。可是，到了晚年終究忍受不住自己悲壯的謊言。這位聖徒也經常懼怕書房的屋樑，這是件很有名的故事。然而，既然躋身於聖徒之列，當然不是自殺的。」

第四個神龕的半身像是我們日本人。當我看到這個日本人的面孔時，的確感到親切。

「這位是國木田獨步，是一個非常了解臥軌而亡⓭之工人心情的詩人。只是有關他的事，我無須再多作說明，那麼，我們來看看第五個神龕吧！——」

「這不是華格納⓮嗎？」

「是的，是國王之友的革命家。聖徒華格納到了晚年，甚且曾做餐前祈禱。可是與其說他是基督徒，倒不如說他是生活教的信徒之一。依據華格納遺留的信件得知，婆娑苦難不知多少次曾驅使這位聖徒到死神之前。」

那時我們已站在第六個神龕前。

「這位是聖徒史特林堡的朋友，他是一位遺棄了擁有眾多小孩的太太，而改娶十三、四

⓫ **神龕**：安置神像的道具。

⓬ **史威登堡**：Emanuel Swedenborg（一六八八～一七七二）瑞典的科學家、哲學家、神祕主義者，埋頭於心靈研究，創行獨自的聖經解釋。

⓭ **臥軌而死亡**：國木田獨步短篇小說〈窮死〉（明治四十年六月發表）中，獨步描寫下層勞動者無法忍受肺病之折磨而自殺的經過。

⓮ **華格納**：Richard wanger（一八一三年～一八八三）德國代表性歌劇作曲家，晚年經濟蕭索，苦惱甚多。

歲大溪地女孩的，商人出身的法國畫家⑮。這位聖徒粗大的血管中，流有水手的血液。但是，請看看他的嘴唇，留有砒霜或其他東西的痕跡。在第七個神龕中的是……你已經累了吧！那麼！請到這邊來。」

我的確已經很累，和拉普一起跟著長老，沿著香氣四溢的走廊，走進一間房間。在那狹小房內的一隅，黑色維納斯⑯像的下面，供著一串葡萄，這與我所想像的毫無裝飾的僧房有所不同，令我感到意外。此時，長老似乎從我的表情中，感覺出我的心情，於是就在請我們坐下的椅子前，以一副可憐的表情說明著。

「我沒忘記我們的宗教終歸是生活教，因我們的神——『生命之樹』的教義是『旺盛地生活下去』……拉普先生，你有沒有讀我們的聖經？」

「沒有……實際上我自己本身也幾乎沒有讀。」

拉普搔搔頭頂的盆子，老實地回答，長老依舊靜靜微笑著，繼續說：

「那麼你或許不懂，我們的神在一天之中，創造了這個世界，（『生命之樹』在樹的本身是無所不能的。）而且創造了雌河童，由於雌河童感覺生活太枯燥乏味，於是要求神創造雄河童。我們的神憐憫雌河童的悲歎，因而取下雌河童的腦髓，創造出雄河童。我們的神給予這兩隻河童的祝福是：『吃吧！性交吧！旺盛的活下去吧！』——長老的這番話，讓我想到了托克。詩人托克很不幸地與我一樣，是無神論者。因為我不是河童，理所當然不了解生活教。但生活在河童國的托克，當然應該知道『生命之樹』，因為我憐憫不遵從此教義之托克的結局，所以聽了長老的話，說起托克的事。

「啊！是那個可憐的詩人嗎？」

長老聽了我的話，深深地歎了一口氣。

「決定我們的生命只有信仰、境遇與偶然三者而已。（但是，你們除此之外，也受遺傳的影響吧！）托克先生很遺憾沒有信仰。」

「托克一定很羨慕你吧！不！我也很羨慕你，拉普年紀還輕……」

「如果我的嘴巴沒有毛病，或許我也是個樂天派。」

長老對我們這樣說時，再度深深地歎了一口氣，眼中含著淚水，凝視著黑色的維納斯。

「實際上，我也——這是我的祕密，因此請勿告訴任何人。——實際上，我也無法信奉我們的神，但是，有一次我的祈禱——」

正當長老這麼說時，房間的門突然開了，有一隻龐大的雌河童，冷不防地撲向長老，我們想抱住這隻雌河童，但是雌河童一瞬間，即已將長老摔在地板上。

「你這個老頭兒！今天又從我的錢包偷錢去喝酒了！」

---

⑮ **法國畫家**：保羅．高更（Paul Gauguin，一八四八～一九〇三）法國後期印象派畫家，曾當過船員，股票員，最後成為畫家，晚年二度與大溪地的原住民同住，畫出獨具風格，色彩與線條鮮明的畫來。

⑯ **維納斯**：Venus希臘神話的愛與美之神。

大約過了十分鐘之後，我們落荒而逃地，丟下長老夫婦，走下大寺院的正門。

「如此看來，那長老應該也不會信奉『生命之樹』吧！」

默默地走了片刻之後，拉普對我如此地說著，但我並沒有回答他，禁不住回頭看看大寺院。大寺院的高塔和圓形屋頂，依然像無數的觸手，向晦暗的天空延伸，散發出有如沙漠天空所看到的海市蜃樓般的氣息，令人毛骨悚然。

15

之後，約莫過了一星期，我偶然地從醫生察克那兒聽到了一則稀奇的傳聞，傳說托克的家出現了幽靈。那時，雌河童已不知去向了，我們朋友詩人的房子也變成攝影師的工作房。根據察克所談的，在這工作房攝影時，不知不覺間，托克的影子也隱隱約約地映現在客人後面，然而，察克是唯物論主義者，根本不相信死後的生命。如今當他說起那件事時，臉上總是浮現惡意的微笑，並加上「所謂的靈魂大概也是物質的存在吧！」的註解。我也不相信幽靈，這一點與察克並無差別。但我因對詩人托克的情誼，所以連忙趕往書店，買回有關托克幽靈的記載和刊有托克幽靈之照片的報紙或雜誌。看那些照片時，的確可以看到一隻很像托克的河童，若隱若現地出現在男女老幼河童的後面。可是，最令我吃驚的，不是托克幽靈的照片，而是關於托克幽靈的記載——尤其是報導關於托克幽靈之心靈學協會的報告。我盡可能地將那篇報告逐字地翻譯，大略說明如下，但括弧中的話語，是我本身加的註解。

關於詩人托克幽靈的報告（心靈學協會雜誌第八千二百七十四號所載）

我們心靈學協會曾在先前自殺之詩人托克的舊居，現爲××攝影師工作室的□□街第二百五十一號，召開臨時調查會，列席會員如下（省略姓氏）。

我等十七名會員與心靈學協會會長培克氏，於九月十七日早上十時三十分，伴隨我們最信賴的梅笛亞姆．霍普夫人⑰，集合在該工作室。霍普夫人一進入該工作室，即感覺到心靈的空氣，接著全身痙攣，嘔吐達數次。根據夫人所言，這是詩人托克酷愛味道濃郁的香菸，其心靈的空氣也含有尼古丁之故。

我等會員同夫人圍繞圓桌默坐，夫人在三分二十五秒之後，陷入極爲急劇的夢遊狀態，且成爲詩人托克的心靈憑依。我等會員依照年齡順序，開始對憑附於夫人身上的托克心靈，展開如左的問答。

問：你爲何顯現幽靈？

答：爲了想了解死後的名聲。

問：你——或其他心靈諸君，死後尚且愛惜聲譽嗎？

答：至少我是不得不愛惜，然如我邂逅的一名日本詩人，則輕蔑死後的名聲。

問：你知道那位詩人的姓名嗎？

---

⑰ **梅笛亞姆**：medium（英）靈媒、女巫。

答：很不幸地，我已經忘了，唯記得他的得意創作——十七字詩的一章。
問：該詩如何？
答：「古老的池塘啊！一隻青蛙跳入啊！噗咚一聲！」⑱
問：你認爲他的詩是佳作？
答：我不認爲他的詩是劣作，只是如將「青蛙」改爲「河童」，則更爲精彩了。
問：然其理由何在？
答：我們河童不論對任何藝術，皆痛切地反求之於河童。

正當此時，會長培克氏呼籲我等十七名會員注意，此乃心靈學會的臨時調查會，而非合議會。

問：心靈諸君的生活如何？
答：與諸君的生活無異。
問：你爲自己的自殺後悔嗎？
答：未必後悔。如果我厭倦心靈的生活，則可再舉手槍以自活。
問：自活是否容易？

托克的心靈並不回答此一問題，卻加以反問，這對於了解托克的人，該爲頗自然的對話。

答：自殺是否容易？

問：諸君的生活是爲永恆嗎？

答：關於我等的生命，眾說紛紜，不可採信也！幸虧我們之間亦有基督教、佛教、回教、拜火教等宗教，這點請切勿忘記。

問：你本身信仰什麼？

答：我永遠是爲懷疑主義者。

問：你至少不懷疑心靈的存在吧？

答：未能如諸君之確信。

問：你的交友情形如何？

答：我的交友貫穿古今西東，應不下三百人，若列舉著名者，則有克萊斯特⑲、曼

---

⑱ **古池、蛙跳**：是詩人松尾芭蕉一首膾炙人口的俳句。

⑲ **克萊斯特**：Heinrich von Kleist（一七七七～一八一一）德國的劇作家、小說家，近代寫實主義的先驅，著有〈碎瓶〉等，與妻一起舉槍自殺。

因蘭德[20]、魏寧格[21]……

問：你的交友，盡屬自殺者嗎？

答：未必然也，如辯護自殺的蒙田，即是我尊敬的友人之一。我唯一不與之交遊的是抱厭世主義卻不自殺者，如叔本華之輩。

問：叔本華尚健在嗎？

答：他爲後世樹立心靈的厭世主義，正議論自活之可否。然知道霍亂亦爲黴菌疾病，顯然頗爲安寧。

我等會員相繼詢問拿破崙、孔子、杜斯妥也夫斯基、達爾文、克麗奧佩脫拉、釋迦、狄摩西尼斯[22]、但丁、千利休等心靈的消息。然而可惜托克不能詳細回答，相反地，卻反問我們有關他本身的榮辱。

問：我死後的名聲如何？

答：某位評論家謂你是「眾小詩人之一」。

問：他因我未贈予他詩集而含恨在心之故，我的全集已經出版了嗎？

答：你的全集已經出版，但銷路停滯。

問：我的全集三百年後——亦即著作權喪失之後，將成萬人爭購之書。我的同居女友如何？

答：他已經成爲書店老闆拉克的夫人了。
問：很不幸地，她至今仍不知拉克的義眼。我的孩子如何？
答：聽說在國立孤兒院。

托克沉默片刻後，開始重新詢問。

問：我的房子如何？
答：成爲攝影師的工作室了。
問：我的書桌如何？
答：沒有人知道如何。
問：我的書桌抽屜中，有一束秘藏的書信——然幸與繁忙的諸君無關。此刻我的心靈界已沉向薄暮，我該與諸君訣別了。別矣！諸君，別矣！我善良的諸君。

⑳ **曼因蘭德**：Philip Mainlaender（一八四一～一八七六）叔本華的學生，讚美自殺，並躬身實踐。

㉑ **魏寧格**：Otto Weininger（一八八〇～一九〇三）奧地利的思想家，著有〈性與性格〉。

㉒ **狄摩西尼斯**：Demosthenes（三八四～三二二）雅典的政治家、辯論家，反馬其頓運動的鬥士，被馬其頓軍隊迫追而服毒自殺。

霍普夫人說這最後一句話的同時，突然覺醒過來。我等十七名會員，向天神發誓，保証此番問題絕對千眞萬確。（又，至於我們所依賴之霍普夫人的報酬，則比照當日夫人爲女伶時之日薪支付）

16

我讀了這篇報導之後，對待在此國度一事，漸漸感到憂鬱，因此很想回到人類的國家去。但無論如何尋找，就是找不到我所掉落下來的洞穴。在那期間，那個漁夫柏格告訴我，在此國度的街道盡頭，有一隻年邁的河童，平日看書、吹笛，過著極平靜的生活。我心想去詢問一下這隻河童，或許可以知道逃出此國的路徑，因此連忙趕往街道盡頭，可是到了那兒一看，狹窄的屋內非但沒有年邁的河童，反而有一隻頭頂盆子尙未堅硬，大約十二、三歲的河童，正悠悠哉哉地吹著笛子。我自以爲走錯家了，但爲了愼重起見，我還是問了他的名字，想不到他正是柏格告訴我的那個年老的河童。

「但你看起來像個小孩子……」

「你大概還不知道吧！不知是何命運安排，我打從娘胎出生時，就是滿頭白髮，然後漸漸年輕，至今變成了這副小孩模樣，若假定出生前是六十歲，那麼加起來大概也一百十五、六歲了。」

我環顧一下屋內，或許是心理作用，我彷彿看到樸素的桌椅之間，飄浮著某種清爽乾淨的幸福。

「你似乎過著比其他河童更爲幸福的日子？」

「啊！或許吧！我年輕的時候是個老頭，年老後卻是個年輕人，因此沒有老年人的貪慾，也沒有年輕人的耽於酒色。總之，我的生涯縱使不是幸福，卻一定是安樂的。」

「的確，那是安樂的。」

「不！僅是如此仍不算是安樂，我身體健康，而且擁有一生不愁吃穿的財產，但最幸福的，我想仍應算是生下來就是個老頭吧！」

我和這個河童談了一會兒有關托克自殺，以及每天請醫生診察的葛爾之事。然不知爲何，年老的河童對我所說的話，都顯出不感興趣的表情。

「那麼你不像其他河童那樣，特別執著於活著這回事吧？」

年老的河童看著我的臉，靜靜地回答：

「我和其他的河童一樣，是先經父親的詢問：是否願意誕生在這個國家？然後，才離開娘胎的……」

「但，我是在偶然的情況下，才掉落在這個國度，請指示我離開的路徑吧！」

「出去的路只有一條。」

「那一條呢？」

「就是你來時的路徑。」

我聽到這個回答時，不知爲何竟全身發毛。

「就是找不到那一條路。」

年老河童水汪汪的眼睛，直凝視著我的臉，然後好不容易才起身，走到房間的一隅，拉著從天花板上垂下來的一條繩子，此時，打開了一扇我從未注意到的天窗。在那圓圓的天窗外，松樹及檜樹的枝椏直向蔚藍的晴空伸展，天空一片萬里無雲。不！像箭鏃般的槍岳也高聳入雲。我就像是觀看飛機在天空飛行的小孩一般，心中雀躍不已！

「喏！從這裡即可出去。」

年老的河童說著，並指著那條繩子，方才我一直以爲是繩子，實際卻是一條繩梯。

「那麼！請讓我從這裡出去吧！」

「但我得事先聲明，出去以後可別後悔。」

「放心好了，我不會後悔的。」

我如此回答時，早已迅速地登上繩梯，遙遙地往下眺望年老河童頭頂上的盆子。

17

我從河童國回來之後，短時間，無法忍受我們人類皮膚的味道。與我們人類一比，河童實在是清潔的動物，而且對於已經看慣河童的我，我們人類的頭，看起來是多麼噁心啊！有關這點，你們或許不了解。姑且不論眼睛和嘴巴，唯有鼻子這東西，讓人有一種無端的恐懼感。我當然盡量不去見任何人，但後來我便漸漸地習慣了人類，經過半年之後，任何地方就都去了。唯一令人感到困擾的，是在講話時，我會不知不覺地溜出河童國的語言。

「你明天在家嗎？」

「Qua！」

「你在說什麼？」

「不！我是說在家。」

——大概就是這樣的情形。

但是從河童國回來之後，大約過了一年，我因某事業失敗……（當他這樣說時，S博士提醒他：「不要提那件事了。」據S博士說，每當他說到這件事時，會變得非常暴躁，連護士都會手足無措。）

那麼就姑且不提那件事。然而，由於某事業的失敗，使我又想去河童國。是的，不是「想去」，而是「想回去」，河童國對於當時的我而言，感覺猶如故鄉一般。

我悄悄地溜出家，想去搭中央線的火車，不巧，被警察抓到，終於被送進了醫院。我剛進醫院的時候，老是想念河童國。醫生察克怎麼樣了？哲學家瑪葛或許仍坐在七彩玻璃燈之下吧！尤其曾經是我的好友，嘴巴腐爛的學生拉普——

某個像今天這般陰暗的午後，正沈醉於回憶的我，不由得想大聲叫喊，因爲不知何時，有一隻名叫柏格的漁夫河童，佇立在我面前，不斷地向我點頭。我恢復意識之後——不記得是哭或是笑！總之，再度使用久違的河童國語言，令我感動不已這回事才是千眞萬確的。

「喂！柏格，怎麼來了？」

「嘿！是來問候你的！聽說你生病了。」

「你怎麼知道呢？」

「從收音機的廣播中得知。」
柏格得意洋洋地笑著。
「不過，也眞難得你能來。」
「這沒什麼，輕鬆得很，東京的河川和溝渠，對河童而言，就如同大街道一樣。」
今天我才發覺，河童也像青蛙一樣，是兩棲動物。
「可是，這附近沒有河川啊！」
「不！我是透過自來水管來到這兒的，然後再稍稍地打開消防栓……」
「打開消防栓？」
「先生！你忘記了嗎？河童也有機械師啊！」
之後，每隔兩三天，就有種種的河童來訪問我。據S博士說，我患的是早發性痴呆症，但那個醫生察克（這對你一定很不禮貌）卻說我不是早發性痴呆症，早發性痴呆症患者是以S博士爲首的你們自己本身。醫生察克也都來看我了，學生拉普和哲學家瑪葛當然也曾來探望我。但除了漁夫柏格，沒有人是白天來看我的。尤其是兩三隻一起來的時候，都是在夜晚——而且是在有月光的夜晚。昨晚我也是在月光下，和玻璃公司董事長葛爾以及哲學家瑪葛聊天的。除此之外，我還請音樂家克拉柏克爲我拉一曲小提琴。瞧！對面桌上不是放有一束黑百合花嗎？那也是昨晚克拉柏克帶來送我的禮物。
（我回頭看，但桌上根本沒有什麼花束。）
還有這本書，也是哲學家瑪葛特意帶來給我的，請你看一下開頭的詩吧！不！你不可能懂河童國語言的，那麼！我代你朗誦吧！這是最近出版的托克全集中的一冊。

（他翻開舊電話簿，開始放聲朗讀這樣的詩。）

在椰子花或竹子中
佛陀早已沉沉入睡。

與路旁枯萎的無花果一起
基督也好像早已死亡

但我們必須休憩
即使在舞台的布景之前

（若去看布景的後面，唯有補補貼貼的畫布罷了。）

然而，我並不像這位詩人般厭世，只需河童們時時前來，——啊！我忘記了這件事，你們記得我的朋友法官培普吧！那個河童丟了職位之後，眞的發瘋了，聽說如今住在河童國的精神病院。如果S博士允許的話，我也想去探望他呢！……

齒輪

一、雨衣

我為了參加一位熟朋友的結婚典禮，提著一只手提包，從內地的避暑地，搭車前往東海道的一處車站。汽車馳騁的道路兩旁，盡是茂密的松樹。能否趕上那班上行列車，實在值得懷疑。汽車中除了我之外，同座的還有一位理髮店的老闆，他圓滾滾地，胖得像棗子一般，且兩腮蓄有短髭。我一邊注意著時間，一邊與他聊天。

「眞是奇怪，聽說××先生的宅邸連白天都會出現幽靈。」

「白天也有嗎？」

我眺望冬天夕照的松樹山林，敷衍地回答著。

「但是，聽說天氣晴朗便不會出現，最常出現的是下雨天。」

「下雨天？那不就要濕答答地出現了？」

「開玩笑……聽說是穿雨衣的幽靈呢！」

汽車響著喇叭，靠著車站停了下來。我與理髮店的老闆告別，逕自走進車站。此時，上行列車果然剛剛於三分鐘前開走。候車室的長椅上，有一個穿著雨衣的男子，茫然眺望著窗外，使我想起了方才聽到的幽靈故事。我苦笑了一聲，爲了等候下一班列車，就決定去車站前的咖啡店坐坐。

那是一家說是咖啡店卻又不怎麼像的咖啡店。我在角落的桌子坐下，點了一杯可可。桌子鋪著白底細藍線條、大方格子的桌巾，但角落已露出一點骯髒的麻布。我喝著帶有膠臭味的可可，環顧冷清的咖啡店，蒙上灰塵的牆壁上，貼有好幾張「雞肉雞蛋燴飯」或「豬排」等紙條。

「純蛋、軟煎蛋捲。」

這些紙條子，令我有宛如置身東海道線附近鄉間的感覺，那是在麥田與高麗菜田之間有電車通過的鄉村……

搭上下一班列車時，已近日暮時分。我通常都搭二等車廂，然不知爲何緣故，當時卻決定搭乘三等車廂。

火車中相當擁擠，而且在我的前後，盡是前往大磯或什麼地方去郊遊的小學女生。我點起了香菸。望著這一群女學生，她們都很快活，而且話說個不停。

「照相館先生，Love scene是什麼意思？」

坐在我面前的「照相館先生」，好像是跟著她們來郊遊的，正隨便地敷衍著，但一個十四、五歲的女學生，仍不斷地問著各種問題。此時我突然發現她鼻上有蓄膿症，使我不禁想笑。而在我鄰座有一個十二、三歲的女學生，坐在年輕女老師的膝蓋上，一隻半抱著她的頸項，一隻手撫摸她的臉頰，而且在和別人談話的空檔期間，時時向女老師這樣說著。

「好可愛啊！老師，多可愛的眼睛！」

她們給我的感覺，雖說是女學生，倒像個女人，除了她們連皮啃蘋果，及剝開牛奶糖的包裝時……一個年紀稍長的女學生，在經過我身邊時，不知踩到了誰的腳，而說了聲「對不起」。只有她比她們老成，倒反而讓我覺得她像個女學生。我銜著香煙，不覺地為自身的這種矛盾發出冷笑。

不知何時，火車內已點上了燈，好不容易到了郊外的車站。我走下寒風凜凜的月台，越過路橋，去等省線電車的到來，此時，偶然碰到了在某公司上班的T君。我們在等電車的期間，談論著有關不景氣的事情，T君當然比我更了解這些問題。然而，有力道的手指上，卻戴著與不景氣扯不上邊的土耳其古石戒子。

「戴這麼貴重的東西啊！」

「這個嗎？這是到哈爾濱做生意之朋友的戒子，被他強迫買的。那傢伙如今已不在人世了，是因為無法與消費合作社達成交易而死的。」

我們所搭乘的省線電車，幸好不像火車那般擁擠。我們並肩而坐，談說各式各樣的話題。T君是今年春天剛從巴黎的分公司回到東京，因此在我們的談話中，也經常聊到巴黎，談凱約夫人❶，談蟹的料理，談某個出遊中的殿下……

「法國不是不穩定，只是法國人本來就是不喜歡納稅的國民，因此經常倒閣……」

---

❶ 凱約夫人：Madame Caillaux法國經濟部長的妻子，射殺中傷丈夫之「費加洛」報紙的負責人。

「但法郎不是暴跌了嗎？」

「那是報紙說，但你實際到那邊看看，當地報紙上所報導的日本，好像經常都有大地震或大洪水。」

此時，一名穿著雨衣的男子，向我們這邊走過來坐下，我感到有點寒顫，很想把剛剛聽到的幽靈故事告訴T君。然T君只是不經意將手杖轉向左邊，臉依然朝前，低聲地對我說：

「那邊有一個女人吧！穿著灰色的毛線上衣……」

「那個梳著西式髮型的女人嗎？」

「嗯！抱著包袱的女人，今年夏天，她在輕井澤穿著時髦別緻的洋裝呢！」

但在任何人的眼中，一定認爲她穿得很破爛。我與T君聊著，偷偷地望著她，她的眉宇之間，顯露出一種彷彿精神錯亂的樣子，而且從她的包袱中，露出似豹的海棉。

「在輕井澤時與年輕的美國人跳舞，叫做摩登……❷什麼的人。」

我與T君分別時，穿雨衣的男子不知何時已不在身旁。我依然提著手提包，從省線電車的停車站，走向一家旅館。聳立在街道兩側的，多是高大的建築物。我在那裡走著時，突然想起松樹山林，而且我的視野中，發現了奇妙的東西，奇妙的東西？——不停轉動的半透明的齒輪。這種經驗，我以前也曾有過好幾次。齒輪逐漸地增加，遮住我半邊的視線，但時間並不長，一會兒之後便消失了，隨之而來的是開始感覺頭痛——每次都是一樣的情形。眼科醫生說這是錯覺（？），屢次命令我戒菸。然而這些齒輪，在我尚未抽菸的二十年前，未嘗沒有看見過。我想這種感覺又開始了，爲了測試左眼的視力，我用一隻手遮住右眼，果然，左眼什麼也看不見，右邊的眼瞼卻有好幾個轉動著的齒輪。我邊看著右側的建築逐漸消失，一個勁兒地走在街道上。

走進旅館的大門時，齒輪已經消失了，然頭仍痛著。我寄放外套和帽子時，順便訂了一間房間，之後打電話給一家雜誌社，商量金錢的問題。

結婚典禮的晚宴，好似早已經開始了。我坐在桌子的一隅，動起刀叉。從正面的新郎和新娘爲首，到白色凹形桌的五十幾人，每個人當然都顯得很高興。只有我的心情，在明亮的燈光下，逐漸地憂鬱起來。爲了掩飾這種心境，我和鄰座的客人聊了起來。他是一個有獅子般的白鬍鬚的老人，而且是我早就知道的一位有名的漢文學者。因此我們的話題，不知不覺地就繞到古典上去了。

「麒麟就是獨角獸，而鳳凰就是稱爲Phoinie❸的鳥……」

這位聞名遐邇的漢學者，似乎對我這個話題感到興趣。我機械性地說著，卻逐漸轉成病態的破壞慾，說堯、舜當然是虛構的人物，《春秋》的作著是很久以後的漢代人，此時，漢學者明顯地露出不高興的表情，看也不看一眼，便宛如虎嘯般地截斷我的話：

---

❷ **摩登**：Modern（英文）現代的意義，大正末期至昭和初期有「摩登女孩」、「摩登男孩」等流行語。此處使用摩登乃因此語會令人浮現享樂之青年男女的影像。

❸ **Phoinie**：埃及神話的靈鳥，象徵太陽。羅馬時代五、六百年，投進香木的火焰中自殺，再從灰中回生的不死鳥。

「如果沒有堯、舜，那就是孔子在說謊，但聖人是不會說謊的。」

我當然默不作聲。繼續想拿刀叉來弄盤子上的肉，這時，有一隻小小的蛆，靜靜地在肉緣上蠕動。蛆在我的腦中喚起了Worm❹這一個英文單字。那也一定像麒麟及鳳凰般，代表某種傳說中的動物之語彙。我放下刀叉，望著不知何時斟滿的酒杯。

晚宴好不容易結束，我爲了回先前訂好的房間，於是沿著冷清的走廊走去，這走廊予人的感覺，雖說是旅館，倒像個監獄，但幸好頭痛已不知不覺地慢慢轉好了。

手提包，以及帽子和外套都送到我的房間來了。我感覺掛在牆上的外套，好像是我自己站立的姿勢，於是急急地將它丟到房間一隅的衣櫥裡去，然後走到鏡台前，注視著鏡中的自己，映於鏡中的臉露出皮膚下的骨骼。蛆突然又清晰地浮現在我的記憶中。

我打開門，走到走廊，漫無目的地走著。此時，通往大廳的一隅，有一盞罩著綠色燈罩的高腳落地枱燈，鮮明地映在玻璃門上，那似乎給我某種平和的感覺。我坐在燈枱前的椅子上，想了很多事情。然而，在這裡坐不到五分鐘，雨衣又突然地掛在我旁邊的長椅上。

「現在正是冷天呢！」

我這樣地想著，再度地返回到走廊上。走廊角落上的櫃枱，看不到任何服務生，但他們的聲音，卻探過我的耳朵，那是聽到什麼而回答All right的英語。「All right？——我不覺地想抓住這個對話的意思。「All right?」、「All right?」——All right究竟是什麼意思呢？

我的房間當然是靜寂無聲的，但開著的門，令人感到一股無端的恐懼。我猶豫了一會兒，毅然地走進房間，爲了避免看到鏡子，我直接坐到桌前的椅子上。椅子是類似蜥蜴皮的藍色摩洛哥的安樂椅。我打開手提包，拿出稿紙，準備繼續寫一篇短篇，然而，沾了墨水的鋼筆，卻遲遲不動，而且好不容易動筆了，卻一直寫著相同的一句話，All right……All right……All right……

此時，床畔的電話鈴聲，突然響了起來，我驚訝地站起來，把話筒拿到耳邊，回答說：

「那位啊？」

「是我，我是……」

對方是姊姊的女兒。

「什麼事？發生了什麼事嗎？」

「是的，發生了很嚴重的事！因爲……發生嚴重的事，所以剛才給舅媽撥過電話。」

「嚴重的事？」

「是的，所以請你立刻過來，即刻哦！」

電話就此掛斷。我依然拿著話筒，反射性地按了電鈴，但我本身很清楚地意識到自己的手在發抖。服務生老是不來。此時我並不急躁，感到的只是痛苦，我一再地按電鈴，終於了解命運告訴我的「All right」一語的意義。

---

❹ **Worm**：蛆，意為像蛆一樣沒有志氣的人類，或在地獄中受苦之人、或像蛆一樣糾纏蠕動而食的動物，寓意為悔恨、惡習之意。『舊約聖經』「約普記」二十五章載有「像蛆一般的人，像蟲一般的人子。」『新約聖經』「馬可傳」中亦載有「有地獄，沒有蛆，火也消滅了」等例子。

我姊夫在那天下午，在距離東京不太遠的鄉村，被火車壓死了，而且穿著不合時宜的雨衣。我現在仍在那家旅館繼續寫先前那篇短篇。深夜的走廊，沒有任何人來往。然而，門外卻時時傳來振翅的聲音，或許某處有人養鳥吧！

二、復仇

大約早上八點多，我在下榻的旅館房間中醒來，但正要下床時，很奇怪地，拖鞋卻只剩一隻。這種景象在這一天來，經常帶給我恐怖與焦慮，而且，這也是令我想起只穿一隻草鞋的希臘神話中之王子的現象。我按鈴叫服務生，要他幫我找另一隻拖鞋，服務生現出訝異的表情，幫我找遍了狹窄的房間。

「在這兒，在浴室裡。」

「怎麼會跑到浴室去呢？」

「啊！或許是老鼠咬的吧！」

服務生退出之後，我喝了不加牛奶的咖啡，繼續完成先前的小說。凝灰岩砌成的四角窗，正對著有雪的庭院，每當我放下鋼筆時，便會茫然地望著這片雪。雪在含苞待放的紫丁香花下，蒙上了一層都市的煤煙。這是令我黯然神傷的眺望，我噴著煙，不覺地停下了筆，想著許多事情，想妻子，想孩子，尤其是想姊夫的事。……

姊夫自殺之前，蒙受放火的嫌疑。事實上，那也難怪，他家在大火之前，才剛投下兩倍於房子價格的火災保險，而且犯有僞造文書罪，正在緩刑之當中。可是令我不安的，不是他的自殺，而是每當我回到東京時，必然都會看到火災。我曾在火車上看到火燒山，也曾在汽車中（當時和妻子在一起）看到常磐橋一帶的火災。在他家尚未發生火災前，這些情形給我將有火災的預感。

「今年我們家或許會發生火災。」

「怎麼說這種不吉利的話……可是，如果發生火災，可就糟了，又沒有投保……」

我們曾交談過這樣的話，可我家並沒有大火——我努力壓抑這種妄想。並想再度動筆。但不知為何，始終無法輕鬆地寫成一行。最後我只好離開桌前，去躺在床上，開始讀起托爾斯泰的Polikouchka❺來。這小說的主角是位虛榮心、病態傾向及榮譽心相互交雜，具有複雜性格的人物，若將他的悲喜劇稍作一點修正，便形成了我一生的諷刺寫照。尤其是在他的悲喜劇中，所感到的命運的冷笑，逐漸令人覺得毛骨悚然。不到一個小時，我又在床上跳起，用力地一甩，將書丟到窗簾下房間一隅。

「見鬼去吧！」

此時，有一隻大老鼠，從窗簾下沿著地板斜跑浴室，我一下跳到浴室，打開門，掃視浴室，但連白色的浴槽後面，也看不到任何老鼠的蹤跡。我突然覺得害怕，慌忙地脫下拖鞋換上皮鞋，走到冷清的走廊上。

---

❺ **Polikouchka**：托爾斯泰的中篇小說，書中描寫Polikouchka善良而意志脆弱，因嗜酒及偷癖而屢遭失敗的農奴，想挺身努力及自殺的作品。

今天的走廊依然帶有監獄般的憂鬱，我垂著頭，在樓梯上上下下，不覺闖入了廚房。廚房是意外的明亮，並列一側的灶，有好幾個燒著火。我通過那裡時，感到戴白帽的廚師們，用著冷冷的眼光看著我。同時，我又感到自己墜入地獄。「神啊！處罰我吧！請勿憤怒，或許我已死亡。」——在此一瞬間，這樣的祈禱詞，很自然地從我的口中溜出。

我一走出旅館之後，在映著藍天的溶雪道上，一個勁兒地步向姊姊家。沿路上公園的樹木，枝葉都顯得黑沉沉的，而且每一顆樹木都像我們人類一樣，具有前後之分，這帶給我的感覺，與其說是不快，倒不如說是恐怖，使我想起在但丁的地獄❻中，變成樹木的靈魂。我決定轉向盡是建築物並列的電車路線上，但是在這裡也不能清清靜靜地走上一段路。

「很對不起，攔住你的路……」

那是一個穿金鈕釦制服，約莫二十二、三歲的青年，我默默地注視著他，發現他鼻子左側有一顆黑痣，他脫下帽子，羞怯地對我說：

「您是A先生嗎？」

「是的。」

「因爲我覺得好像……所以……」

「有什麼事嗎？」

「沒有，只想見見您，我也是先生的忠實讀者……」

此時的我，只是稍微地脫了一下帽子，便將他拋在身後了。先生、A先生——這是我最近最感到不快的言語。我相信我犯了一切罪惡，然而他們，一逮到機會便這樣稱呼我，讓我感到彷彿有某種在嘲笑我的東西，什麼東西？——但我的唯物論主義是否定神秘主義的。最近的二、三個月前，我曾在規模很小的人間雜誌社上，發表這樣的一段話。——「我以藝術的良心為首，不具有任何的良心，我所擁有的只是神經❼而已」……

姊姊與三個孩子，一起在露天臨時搭的木屋內避難，貼著褐色紙的木屋裡，似乎比外面還冷。我們把手放在火缽上，談著各種話題。體格魁梧的姊夫，過去一直本能地輕蔑著比別人瘦小很多的我，而且公然指稱我的作品不道德。我總是冷冷俯視著說這些話的他，從來不曾與他暢談過。然而，在和姊姊的談話當中，我漸漸地察覺出，他也和我一樣墜入了地獄之中。聽說他在臥車中看見幽靈，我點上了香菸，試圖只談金錢的問題。

「總之，在這種際遇下，我想賣掉所有的東西。」

「說的也是，打火機等多少也值一點錢吧？」

「是啊！還有畫等。」

「難道連N先生（姊夫）的肖像畫也要賣嗎？但那是……」

---

❻ **但丁的地獄**：但丁Dante（一二六五～一三二一）的長篇敘事詩，〈神曲〉中的〈地獄篇〉所描寫的地獄。

❼ **我所擁有……神經**：小品文〈我〉中的一節，發表於同人雜誌「驢馬」的昭和二年一月號。〈侏儒的話〉及〈暗中問答〉中亦有這類話語。

我看了一眼掛在木屋牆上的，一張沒有鏡框的Conte畫❽，意識到不能隨便開玩笑。據說被火車壓死的他，臉完全變成肉塊，僅僅剩下鬍鬚。這話的本身，當然令人微感恐懼，然而，他的肖像畫，卻是每一處都畫得很完整仔細，唯獨鬍鬚部分，不知爲何模模糊糊的。我想可能是光線的緣故，於是試著從各個角度來觀眺這張Conte畫。

「你在做什麼呢？」

「不做什麼，只是那張肖像畫的嘴巴四周……」

姊姊稍微地轉了一下頭，若無其事的回答說：

「只有鬍鬚特別淡了點吧！」

我所看到的並非錯覺，但不是錯覺——我決定不在姊姊家吃午飯，便離開了。

「唉呀！再坐一會兒吧！」

「明天再來……今天我得到青山❾去。」

「啊！那裡？身體情況仍惡劣嗎？」

「每天都得吃藥，單是安眠藥就不得了，威洛那爾、諾伊洛那爾、多利歐那爾、奴瑪那爾……」

大約三十分鐘之後，我走進一棟大樓，搭升降梯到了三樓，然後想推開一家餐廳的玻璃門進去，然而玻璃門卻推不開，而且掛著一塊油漆寫著「公休日」的牌子。我心中大爲不悅，看著玻璃門對面那張桌上放著蘋果和香蕉，決定再走到街上去。此時，有兩個好像是公司職員的男子，很愉快地聊著，正要走進這棟大樓時，與我擦肩而過，其中一人那時好像正說著：「焦躁不安。」

我佇立在街道上，等待計程車駛過，計程車卻一直不來，而且駛過的，都是黃色的車。（這種黃色的計程車，不知爲何，經常給我帶來交通事故的麻煩）就在這時，我攔住了一輛代表吉利的綠色車子，決定前往位在青山墓地附近的精神病院。

「焦躁不安——tantalizing——Tantalus⑩——Inferno⑪……」

坦塔爾斯實際上就是隔著玻璃門，眺望水果的自己。我詛咒著再度浮現我眼前的但丁地獄，並且不轉睛地注視司機的背部。這時，我又感覺到一切事物都是謊言，政治、實業、藝術、科學——這些對我而言，不外乎都是隱藏著可怕人生的雜色琺瑯罷了。我漸漸感到呼吸困難，就打開了計程車的窗子，但是一種心臟絞痛的感覺，依然無法消退。

綠色的計程車好不容易開到了神宮前面，這裏應該有一條彎向精神病院的橫巷才對，然而，今天不知怎麼搞的，我就是找不到。我請計程車司機沿著電車線路，來回地找了好幾

---

❽ **Conte畫**：Conte（法）是指Crayon conte，臘筆的一種，介於鉛筆與木炭之間，用於素描，科學家Conte所創製。

❾ **青山**：青山腦病院，院長為齊藤茂吉，芥川龍之介在此投醫用藥。

❿ **Tantalus**：希臘神話中的人物，宙斯之子，因得知父親的祕密而受罰，身體浸泡於湖中深至下巴，想喝水，水即減少，想摘水果即後退，永遠地承受痛苦。英語中tantalius的語源。

⓫ **Inferno**：地獄，但丁之〈神曲〉中的第一部〈地獄篇〉。

次，最後我終於放棄，下了計程車。

我好不容易找到了那條橫巷，拐進滿是泥濘的道路。然不知不覺間竟走錯了道路，來到青山殯儀館前。那是十五年前，參加夏目老師的告別式以來，不曾再涉足過一次的建築物。十年前的我也不幸福，但至少是平靜的。我眺望著舖著砂土的門內，想起了「漱石山房」[12]的芭蕉，不禁覺得我這一生也要告一段落了，而且，對於在此第十個年頭，帶我來到此墓地前的某種東西，亦不禁有所感觸。

走出精神病院的大門之後，又搭乘汽車，回到了先前的旅館，但一進到旅館的大門時，有一個穿著雨衣的男子，正在和服務生吵架。與服務生？……不！那不是服務生，是穿著綠色衣服的汽車辦事員。我覺得進入這家旅館，有一種不吉祥的預感，於是即刻折回原路。

我來到銀座時，已近日暮時分。我對於兩側並排的商店及令人眼花撩亂的來往行人，不由得更加憂鬱。尤其是似乎對不知罪惡而輕快走著的，來來往往的行人，更感到不悅。我在夾雜微明的月光與燈光的夜晚，直向北走去。那時，攫住我視線的，是一家雜誌堆積如山的書店。我走近這家書店，茫然地望著好幾層的書架，然後，抽出一本《希臘神話》來看。這本黃色封面的《希臘神話》，似乎是專爲兒童而寫的，但偶然讀到的一行，卻立即打擊了我的心。

「最偉大的宙斯神[13]也敵不過復仇之神……」

我走出書店後，步入人群之中。不知不覺間，總覺得復仇之神一直盯著我已駝的背部。

三、夜

我在丸善二樓的書架上，發現史特林堡的《傳說》，看了二、三頁。那是一本與我的經驗相仿的書，而且是黃色的封面。我將《傳說》歸回書架，隨手抽出一本厚厚的書，但是這本書中有一張插圖，上面並排著盡是有眼與鼻的，與人類完全無異的齒輪。（那是一個德國人所收集之精神病患的畫集）我不覺地在憂鬱之中，激起了一股反抗的精神，以自暴自棄的賭博狂一般，翻開各類書籍，然不知為何，每一本書的文章或插圖中，都必然隱藏著一些針。每一本書——甚至拿起我已讀過好幾次的《包法利夫人》時，也感覺到自己畢竟不外是個中產階級的莫修．包法利⓮而已……

日暮時分的丸善二樓，除我之外，好像沒有什麼客人。我在燈光下，徘徊於書架之間。然後在標有「宗教」木牌的書架前駐足，翻閱了一本綠色封面的書。這本書的目錄上，其中一章寫著「四個可怕的敵人——疑惑、恐怖、驕傲、官能的慾望」這樣的語句。我看到這些話語時，立刻激起更強的反抗精神，對我而言，那些被稱為敵人的，不過是感受性與理智的

⓬ **漱石山房**：夏目漱石之書齋的名稱，漱石家位於新宿區早稻田南町，龍之介師事於夏目漱石，而經常出入此書齋。

⓭ **宙斯神**：Zeus，希臘神話中最崇高之神。

⓮ **莫修．包法利**：Monsieur Bovary，包法利的丈夫，平凡的鄉下醫生，中產階級的典型人物。

異名罷了。但傳統精神也和近代精神一樣，陷我於不幸，這更加教我無法忍受。我依然拿著這本書，突然想起了曾當筆名用的「壽陵余子」⓯此一名詞，那是尚未學會邯鄲⓰步法，就先忘掉壽陵步法，最後狼狽爬行歸鄉之「韓非子」中的青年。

如今的我，在任何人眼中，必定也是個「壽陵余子」，但尚未墜入地獄的我，也曾使用此一筆名——我離開書架，試圖揮去妄想，因而走進恰好在我正面的郵票展覽室。但那裡有一張郵票中，畫著好像是聖約翰⓱騎士，他正在刺殺一隻長有翅膀的龍，而且那位騎士的頭盔下，露一半的臉，那是酷似我的一個敵人的苦臉。我又想起了「韓非子」中屠龍之技的故事，於是不通過展覽室，而循寬廣的樓梯下樓。

我走在入夜的日本橋大道上，繼續想屠龍這一句話。那和我的硯台上所刻的銘文是相同的。送我那個硯台的，是個年輕的事業家，他於各種事業失敗後，終於在去年破了產。我仰望高空，想在無數的星光中，地球是何等的渺小——因此我個人又是何等的渺小。然而，晝間晴朗的天空，此時已完全陰暗了。我突然感到有什麼東西對我抱有敵意，因此決定到電車線路對面的一家咖啡店去避難。

那的確是「避難」，咖啡店的薔薇色壁面，給予我某種平和的感覺，於是我輕鬆地坐在最裡面的一張桌子。很幸運地，這裡除了我，只有二、三個客人。我啜著咖啡，像往常一樣噴著香菸，吐出來的煙，裊娜於薔薇色的壁面上，升起淡淡的青煙，這種柔和的色調，依然令我愉悅。然而，不一會兒，我發現左邊的牆壁上掛有拿破崙的肖像畫，又漸漸地感到不安起來。拿破崙在還是學生時，曾在地理筆記簿的最後寫下：「聖赫勒拿島⓲。」那或許正是我們所說，只是個偶然。但這甚至喚起拿破崙本身的恐懼，該是一件事實……

我凝視拿破崙，想起了自己的作品，首先浮上心頭的，是《侏儒的話》中的箴言（尤其是「人生比地獄更地獄」這句話），然後是想起《地獄變》的主角——良秀這位畫匠的命運，然後是……我一邊吞吐著煙圈，一邊爲了逃脫這些記憶，而環顧著咖啡店的四周，我到這裡避難，只不過是五分鐘前的事，然而在此短短的時間中，咖啡店已完全變了樣，其中最令我不愉快的，是假紅木的椅子和桌子，與壁面的薔薇色，一點也不調和。我深恐再度陷入無人能解的痛苦中，於是迅速地掏一枚銀幣，匆匆地走出咖啡店。

「喂！喂！要二十錢哪！…………」

原來我掏出的是銅幣。

我感到非常屈辱，一個人走在街道上，我突然想起位於遠方松樹山林中的家。那不是位於郊外的養父母的家，而是一個以自我爲中心，而租來的家。我十年前就已在這個家生活

---

⑮ **壽陵余子**：壽陵是中國戰國時期燕國的地名。余子未滿二十歲，是壽陵的少年，作者用此筆名於大正九年發表「古董羹」。

⑯ **邯鄲**：戰國時期趙國國都。

⑰ **聖約翰**：Saint George傳說於二世紀左右殉教的勇士，以英國的守護聖徒而受尊敬。

⑱ **聖赫勒拿島**：Saint Helena，大西洋中的小島，是為英國領土，拿破崙於一八一五年流放於此，一八二一年去世。

了，但因某件事情的緣故，竟輕率地搬去與父母同住。同時，也變成奴隸、暴君、及無力的利己主義者。

回到先前的旅館已十點了。走了那麼長的一段路，我已經沒有力氣回到房間去，於是坐在燃燒著粗圓木的爐前椅子上，然後想起我計畫著的長篇。那是以推古至明治各時代的人民爲主角，大約三十餘篇短篇，依照時代順序串連起來的長篇。我看著小火星往上飛舞，突然想起宮城前的一尊銅像。銅像穿著甲冑，宛如具有忠義之心似地高高地跨在馬上，但他的敵人是——

「說謊！」

我又從遠遠的過去，落回眼前的現代，幸好時走來一位前輩——彫刻家。他依然穿著天鵝絨的衣服，蓄著短短的山羊鬍。我從椅子上站起來，握著他伸出來的手。（那不是我的習慣，而是依從在巴黎及柏林度過半生的他的習慣。）但，他的手很奇怪的，竟像爬蟲類的皮膚一般地濡濕。

「你住在這裡嗎？」

「是的……」

「來工作的？」

他凝視著我的臉，我感覺他的目光中，似乎隱含偵探的神情。

「怎麼樣？到我的房間來聊聊吧！」

我挑戰似地向他說。（缺乏勇氣的怪癖，又突然採取挑戰的態度，是我的怪癖之一。）

此時，他微笑地反問我：「你的房間在那裡？」

我們像好友般並肩而行，在經過靜靜地聊天的外國人之間，走到我的房間。他一進到我的房間，就背對著鏡子而坐，然後我們就東南西北地聊了起來，東南西北？——大抵上是聊女人。我一定是個因犯罪而墜入地獄的人，但，就只是這種缺陷的話，就使我更加憂鬱。一時之間，我成了一個清教徒，開始嘲笑那些女人了。

「你看S小姐的嘴唇，那是用來和每一個人接吻的……」

我突然閉住嘴，凝望著鏡中的他的背部，恰在他的耳下，貼有一張黃色藥膏。

「和每一個人接吻？」

「我覺得好像那樣的一個人。」

他微笑地點點頭。我感覺他內心爲了窺知我的秘密，而一直注意著我，然而，我們的話題仍離不開女人。此時，與其說是我憎惡他，倒不如說是我因自己的懦弱而感到羞恥，我不由得更加憂鬱起來了。

他好不容易回去了，之後，我躺在床上，開始讀起《暗夜行路》⑲來。主角精神上的掙扎，一一令我感到痛切，與這主角一比，我覺得我是多麼地愚蠢啊！不自覺地流下眼淚，同時，淚水在不知不覺中帶給了我心境上的平和。但，那時間也不長。我的右眼再度感到半透明的齒輪，齒輪依然轉動著，而且數目逐漸增多。我深恐又要開始頭痛，於是把書放在枕頭

---

⑲ **暗夜行路**：是日本作家志賀直哉的名作，他前後花了十六年心血的一部著名長篇小說。

邊，吞下〇．八公克的威洛那爾，希望能夠因此而熟睡。

然而，我在夢中看見游泳池，那裡有好幾個男女孩子在游泳、潛水。我離開游泳池，步向松林。此時，不知是誰從背後對我大聲喊「孩子的爸」，我回過頭，發現站在游泳池前的妻子，同時感到強烈的後悔。

「孩子的爸，毛巾呢？」

「我不要毛巾，當心小孩子唷！」

我繼續走著。走著走著，不知何時，竟變成了月台。那可能是鄉下的車站，是有著長長籬笆的月台。那裡站著一個名叫H的大學生，和一個年老的女人。他們一看到我，便向我走近，並你一句我一句地開始對我說話。

「好大的火災啊！」

「我也是好不容易才逃出來的！」

我覺得似乎曾在那裡看過這個年老的女人，而且和她談話時，也讓我感到某種愉悅的興奮。此時，火車冒著煙，靜靜地停靠月台。我獨自一人搭上火車，走在兩側垂著白布的臥舖間。此時，一張臥舖上，有一個類似木乃伊的裸體女人，頭朝這邊躺著。那也是我的復仇之神——鐵定是一個瘋子的女兒。……

我一醒來，不自覺地跳下床，我的房間依然亮著燈，但卻聽到了不知從何處發出的噗噗翅膀聲，和老鼠咯吱咯吱的聲音。我打開門，走到走廊，急忙往先前的爐前去，然後坐在椅子上，凝望晃動不定的火焰，此時，有個身穿白色衣服的服務生，走過來添加薪材。

「幾點了？」

「三點半左右。」

在對面大廳的角落，有一個像是美國人的女人在看書。她的穿著，遠遠看來是套綠色的洋裝。我覺得彷彿獲救一般，靜靜地待到天亮，猶如在長年病痛的折磨下，靜靜等待死亡的老人一般……

四、尚未？

在這家旅館的房間裡，我好不容易寫成了以前的那篇短篇小說，將它寄到某雜誌社去。雖然我的稿費並不足夠付這一星期的住宿費，但對於自己所完成的工作，我感到相當的滿足。為求精神上的振奮，我決定到銀座的一家書店去。

冬陽照射下的柏油路上，有幾許紙屑滾動著，那紙屑可能是由於陽光的關係，每一片都宛如薔薇花一般，給予我某種（不知來由）的美好之感，在此光景下，我踏入了那家書店。書店裡也比平常顯得乾淨，只有一個戴眼鏡的小姑娘，不知和店員在說些什麼，這使我感到無端的焦慮，然而，當我想起街道上滾動的紙屑薔薇花時，我決定買下《阿那托爾·佛朗斯對話集》和《梅里美書簡集》。

我抱著兩本書，走進一家咖啡店，然後坐在最裡面的桌前，等待服務生端來咖啡。我的對面坐有兩個看來是母子的男女，那個兒子比我年輕，但生得幾乎與我一模一樣，而且他們有如戀人一般，彼此的臉靠得很近，絮絮而談。當我看著他們時，發覺在我的意識上，認為那兒子至少在性方面，也給予母親安慰。那的確是我也曾有過之親和力的一例；同時，也的確是使現世變成地獄之某種意志的一例。然而——我深恐再度陷入苦悶，幸好，咖啡適時地端來了，我開始讀著《梅里美書簡集》，他在這本書中，也正如他的小說一般，言詞中閃爍著犀利的警句，那些警句於不知不覺中，賦予我如鐵般的堅強意志（如此易受影響，亦是我的弱點之一）。我喝完一杯咖啡後，我以「爲何要來」的心情，毅然離開了這家咖啡店。

我走在街道上，窺望著各式各樣的擺飾櫥窗。在一家賣鏡框的櫥窗裡，掛著一幅貝多芬的肖像畫，那是個頭髮豎立，儼然是個天才的肖像畫。對於這張貝多芬的畫像，我不禁覺得滑稽。

就在這當兒，突然碰到高中的老友，這個應用化學的大學教授，抱著偌大的折疊式手提包，一隻眼睛充滿血絲。

「怎麼了？你的眼睛？」

「這個嘛？這只是結膜炎啦！」

我忽地想起，這十四、五年來，每當我感覺到親和力（一個人在群體心目中的親近感）時，我的眼睛便也會像他一樣，引起結膜炎，然而我什麼也沒說。他拍拍我的肩，聊起了我們的朋友，聊著聊著之間，他帶我走進一家咖啡店。

「好久不見了，自從朱舜水[20]的建碑式以來至今！」

他點上香菸之後，隔著大理石桌對我講話。

「是的，那個修筍……」

不知爲何，我總不能正確地發出朱舜水這個字彙的音來，畢竟那是句日語，因而使我略感不安，但他卻毫不介意地談著各種話題。談K這位小說家、談他買的牛頭犬、談「里維沙伊特」這種毒瓦斯……

「你似乎好久不寫書了，我只讀過《點鬼簿》，但……那是你的自傳嗎？」

「嗯！是我的自傳。」

「那篇略帶病態，最近身體好嗎？」

「和以前一樣，始終服藥度日。」

「我最近也患了失眠症呢！」

「我也？爲什麼你說『我也』呢？」

「你不也說患有失眠症嗎？失眠症是很危險的症候呀！……」

他左邊荒血的眼睛，浮現出近似微笑的樣子，我在回答他之前，感覺到自己不能正確地發出「失眠症」的「症」字音來。

「這對瘋子的兒子而言，是當然的呀！」

不到十分鐘之後，我又踽踽獨行於街頭了。柏油路上滾的紙屑，偶爾未嘗不可看作是我

---

⑳ **朱舜水**：本名朱之瑜（一六〇〇～一六八二），中國明朝末年的儒者，歸化日本，受迎於德川光國，在江戶講儒學，所謂「建碑式」，是明治四十五年六月二日，由朱舜水紀念會建碑於第一高等學校內，以資紀念。

們人類的臉。此時，迎面走來一個短髮的女人，遠看很漂亮，但到了眼前，原來是個臉上佈滿小皺紋的醜女人，而且好像懷孕。我不自覺地轉了頭，彎進一條寬闊的橫巷，但，走了一會之後，我覺得痔瘡的疼痛，那是除非我坐浴，否則無法治癒的疼痛。

「坐浴——貝多芬也坐浴的……」

坐浴時使用的硫磺味道，突然撲上我的鼻子，然街道上當然不會有硫磺，我再度想起了紙屑薔薇花，試圖堅強忍痛地走下去。

約莫一個小時之後，我把自己關在房間裡，坐在窗前的書桌前，動筆寫新的小說。筆在稿紙上順暢地移動，連我自己都覺得不可思議。但兩三個小時之後，我好像被一個無形的人強制住似地停筆了，我不得不離開桌子，在房中來回踱步。我的誇大妄想在此時最爲明顯，在野蠻的歡愉中，我覺得我既沒雙親，亦無妻子，只有從筆尖流出來的生命似的。

但過了五分鐘之後，我不得不去接電話。我在電話中雖然回答了好幾次，對方卻只是反覆地傳來曖昧的話語，聽起來是「莫爾」沒錯。我終於放下電話，再度在房中來回踱步，但「莫爾」這句話，總令我掛心。

「莫爾——Mole……。」

「莫爾」是英語中的鼴鼠，這個聯想在我並不愉快，二、三秒鐘後，我將Mole 重新拼成la mort，「拉．莫爾」——是法語中的死，這突然使我感到不安。死如迫近姊夫般地迫近我，然我卻在不安中，感到有些可笑，而且，不自覺地微笑著，這可笑是爲何而起呢？——那是我本身也不得而知的。我站在久未照過的鏡子前，與自己的映象正面相對，我的鏡影當然是微笑著。當我凝視鏡影時，我想起了第二個我。

第二個我——德國人所謂的Doppelgaenger㉑幸好沒讓我看見，但當了美國電影明星的K君夫人，曾在帝國劇場看到第二個我。（我仍記得，當時K君夫人突然對我說：『上次沒向你打招呼』而感到尷尬這回事。）還有一個已故的獨腳翻譯家，也曾在銀座的某家香菸店裡，看到第二個我。死亡或許是衝著第二個我而來，縱使是衝著我而來——我離開鏡子，回到窗前的桌邊。

從凝灰砌成的四方形窗子，露出了枯黃的草坪和水池，我眺望著庭院，想起了在遙遠的杉林中所燒掉的幾本筆記簿和未完成的戲曲，於是重新拿起筆，再度動手開始寫新的小說。

五、紅光

陽光令我感到苦惱。我像鼴鼠般放下窗前的窗簾，連晝間也點著燈，趕緊進行先前的那篇小說。工作疲倦了，就翻開泰諾的英國文學史，瀏覽詩人們的生活。他們全都是不幸的，甚至連伊莉莎白王朝的巨匠們㉒——一代學者班．強生，他陷於神經的疲勞狀態，竟在他的

㉑ **Doppelgaenger**：德語，同一個人同時出現在兩地的現象。

㉒ **伊莉莎白王朝的巨匠們**：伊莉莎白一世的治世（一五五八～一六〇三），是文學的鼎盛時期，活躍於此時期的有莎士比亞，班．強生等人。

腳拇指上，看到羅馬與迦太基㉓開始軍事的作戰，在他們這些不幸中，我不由得感到充滿殘酷的惡意的欣喜。

一個東風強勁的夜晚（那對我而言是個吉祥象徵），我穿過地下室，走往街道，準備去拜訪一位老人㉔。他一個人住在聖統公司的屋頂房，一面當工友，一面專心地祈禱或讀書。我們把手擱在火缽上，在掛於牆上的十字架下方，聊著許多事情。為什麼我的母親會發瘋呢？為什麼我父親的事業會失敗呢？又為什麼我會受懲罰呢？——知曉這些祕密的他，臉上浮現詭異而嚴肅的笑容，一直聽著我說話，而且時時用簡短的話語，描繪出人生的諷刺畫。我並非不尊重這屋頂的隱者，而是與他交談之際，我發現他也被親和力所壓迫著。

「那個花匠的女兒，心胸既寬大，性情也溫和——對我很是溫柔。」

「幾歲啦？」

「今年十八歲。」

那對他而言，或許是一種父愛，但在我眼中，卻不禁感到一股熱情。而且他請我吃的蘋果，在那變黃了的皮上，出現了獨角獸的形態。（我經常在樹木的紋理和咖啡杯的龜裂中，發現神話中的故事。）獨角獸一定就是麒麟。我想起了一個對我含有敵意的評論家，稱呼我為「九佰壹拾年代的麒麟兒」，我覺得這間掛有十字架的屋頂房間，亦非安全地帶。

「最近身體如何？」

「仍只是精神焦慮。」

「那僅是服藥是沒有用的，要不要當信徒呢？」

「如果我也能夠當的話……」

「沒什麼困難的，只是信奉神，信奉神之子基督，信奉基督所創造的奇蹟……」

「我倒可以信奉惡魔……」

「那麼爲什麼不信奉神呢？如果信奉影子，也不得不信奉光吧？」

「但也有無光的黑暗啊！」

「無光的黑暗？」

我除非沈默，別無他法，他也和我一樣，走在黑暗之中。但他相信既有黑暗，即會有光亮。我們理論上的相異點，僅此一點而已，然而，至少對我而言，那是一條無法跨越的鴻溝……

「可是，光是必然有的，其證據是因爲有奇蹟……奇蹟，至今仍常常發生唷！」

「至於惡魔所創造的奇蹟是……」

「爲什麼又提到惡魔呢？」

我感到一股誘惑，想把近一、二年來，自己的親身經驗告訴他。但我深恐這些事會由他傳到妻子的耳中，而把我也像母親那樣地送進精神病院。

㉓ **迦太基**：Carthage以現在的突尼西亞為中心，崛起於非洲北岸的古代都市，與羅馬對決，BC一四六年敗於波愛尼戰爭，成為羅馬的領土。

㉔ **一位老人**：在芥川的親生父親所經營的牛奶店工作的室賀文武，深受內村鑑三的影響。

「在那裡的是什麼？」

這個健壯的老人，回頭去看舊書架，顯出一副牧羊神似的表情。

「是杜斯妥也夫斯基全集，你讀過罪與罰嗎？」

我早已於十年前就讀過四、五本杜斯妥也夫斯基的作品，但偶然（？）為他所說的《罪與罰》這句話所感動，於是決定借這本書，並回到先前去過的旅館去。燈光閃爍、人來人往的街道，依然令我感到不快。尤其是碰到熟人時，一定教我難以忍受。我儘可能選擇黑暗的街道，像小偷一般地踽踽前行。

不久，我感到胃痛，而想要止痛，唯有喝上一杯威士忌。我找到一家酒吧，欲推門進去，但是狹窄的酒吧中，煙霧瀰漫，其中聚集了幾個彷彿是藝術家的年輕人，正在喝酒，而且在他們的正中央，有一個梳著髮髻的女人，正熱情地彈奏著曼陀林。我突然感到尷尬，未進入門內，便又折回來了。此時，我發現我的影子正不自覺地左右晃動，而且照射著我的，是令人毛骨悚然的紅光。我駐立在街道上，然我的影子仍像剛才一樣，不停地左右晃動，我怯生生地轉過頭去，這才發現吊在酒吧屋簷下的彩色玻璃吊燈。吊燈因強勁的風，徐徐地在空中擺動著……

接著，我進到一家位於地下室的餐廳，我站在吧枱前，叫了一杯威士忌。

「威士忌，只有Balack and white一種而已……」

我在蘇打水中加入威士忌，默默地一口一口地喝了起來，我的鄰座有兩個好像是新聞記者，約莫三十歲左右的男人，在低聲地談話，而且說的是法語。我依然背對著他們，感到全身都籠罩在他們的視線下，實際上，那簡直就像電波一般，傳達到我的全身。他們的確知道我的名字，而且好像在談論者關於我的流言。

「Bien……tres mauvais……pourquoi？……」

「Pourquoi？……le diable est mort！……」

「Oui,oui……d'enfer……」㉕

我掏出了一枚銀幣，（那是我所帶的最後一枚銀幣）決定離開這家地下室。夜風呼嘯的街道，使我的胃痛稍微轉好，而我的神經亦隨之興奮。我想起拉斯可爾尼可夫㉖，感到某種想懺悔一切的衝動，可是，那除了我本身之外——不，除了我的家之外，也一定會發生悲劇的。而且我懷疑這種衝動的眞實性。如果我的神經能像常人一般健壯的話——但爲此我必須到什麼地方去不可，到馬德里、到里約、到撒馬爾罕……

就在這當兒，吊在一家商店屋簷下的白色小型招牌，突然令我不安。招牌上畫著有翼的汽車輪胎商標，這商標使我想起藉著人工翅膀而飛行的古代希臘人。他飛向空中時，翅膀被太陽光燒毀，終於溺死於海中。到馬德里、到里約、到撒馬爾罕——我不由得嘲笑自己所做

㉕ **Bien，……d'enfer**：法語，意為「是……太糟糕了……為什麼？……惡魔死了！」「是，是……地獄的……」

㉖ **拉斯可爾尼可夫**：杜斯妥也夫斯基的長篇小說《罪與罰》的主角。

的這種夢，同時，不由得想到被復仇之神追逐的奧勒斯特[27]。

我沿著運河，行走於黑暗的街道上，此時，我想起了位於郊外的養父母的家，養父母一定每天倚門等待我回家，或許我的孩子們也是如此——但我若是回到那邊，便禁不住恐懼某些束縛我的力量。波濤洶湧的運河水面上，停靠著一圓形船，船底透出微弱的亮光，一定有幾個男女組成的家庭生活在其中，依然是因相愛而相憎……卻再度喚醒了我的戰鬥精神，微帶威士忌的醉意，我回到了先前的旅館去。

我又坐在書桌前，繼續讀《梅里美書簡集》，它又在不知不覺中，賦予我活力了。但當我知道晚年的梅里美成了新教徒時，霎時浮現躲在假面具之下的梅里美的面孔，他也和我們一樣，是走在黑暗之中的人之一。黑暗之中？——《暗夜行路》對於具有這種感受的我，變成一本可怕的書了。我爲了忘記憂鬱，開始讀起《阿那托爾．佛朗斯的對話集》來了。然而，這個近代的牧羊神，也背負著十字架……

約莫一小時之後，服務生交給我一束郵件，其中之一是萊普錫書店的來函，要我寫一篇《近代日本女人》的小論文，爲什麼他們特地指定我寫這樣的小論文呢？而且這封英文信，還附有「縱使如日本畫般，僅用黑白而不加任何色彩的女人肖像畫，我們亦感滿足。」這樣的親筆P．S。這一行字，令我想起Black and white這個威士忌的名稱來，於是我便把這封信撕成碎片。然後，我又隨手撕開第二封信，看著這張黃色信箋上的字。寫這封信的是一個我不認識的青年，可是讀不到二、三行，便看到了「你的《地獄變》……」這些話語，不由得使我焦躁而手足無措。第三封信，是我外甥寄來的。我這才鬆了一口，讀著家務上的問題，然而，讀到最後，這封信冷不防地給我一重擊。

「寄上詩集《紅光》的再版㉘，所以……」

紅光，我感到一股冷笑，便走到室外去避難。走廊上毫無人影，我一隻手撐在牆壁上，好不容易才走到大廳，然後坐下來，想點上菸，卻不知爲何，香菸竟是飛艇牌的。（我住進這家旅館之後，一直只抽星牌香菸。）人工之翼再度浮現我的眼前，我招呼那邊的服務生，要他給我兩盒星牌香菸。但若信任服務生的話，星牌香菸應該剛好缺貨。

「有飛艇牌的，但……」

我搖搖頭，環顧寬廣的大廳。我的對面有四、五個外國人，圍著桌子談話，而且他們的其中一人——穿著紅色洋裝的女人，一面低聲地對著他們說話，一面好像時時看著我。

「Mrs. Townshead……」

似乎有什麼無形的東西，對我這樣小聲地耳語著。湯雪德夫人這名字我當然不認識，即使是對面那個女人的名字——我又從椅子上站起來，深恐自己會發瘋，因而決定回到自己的房間去。

我一回到自己的房間，即刻打算打電話到精神病院，可是，走進那裡，對我而言，無異

㉗ **奧勒斯特**：希臘神話的人物，與殺害父親的母親一起報復其情夫，卻犯下殺親之罪，因而被復仇女神追逐。

㉘ **紅光**：齊藤茂吉的第一歌集，大正二年初版，大正十年再版。

於死。幾番猶豫之後，爲了排除恐懼，我開始翻閱《罪與罰》。偶然翻開的一頁竟是《卡拉馬助夫兄弟們》的一節，我以爲自己拿錯了，於是看了一下書的封面，《罪與罰》——書的確是《罪與罰》。我對這家書店的裝訂錯誤，再對自己恰巧翻開錯誤之一頁這回事，感到命運的捉弄，讓人不得已只好由此讀下去。然讀不到一頁，即感到全身抖顫，這是描寫飽受惡魔折難之伊凡，之史特林堡、之莫泊桑，甚至在此房間之我……

欲救此時此刻的我，唯有睡覺一途，然而，安眠藥不知何時，竟一包也不剩了。我無法忍受終夜不成眠的痛苦，只好鼓起絕望中的勇氣，叫來咖啡，決定拼命地寫作。二張、五張、七張、十張——眼看著稿紙一張一張地厚起來。我在這篇小說的世界中，充滿超自然的動物，而且其中一隻動物，乃是描繪我本身的肖像畫，但疲勞卻慢慢呑噬著我，使我感到頭暈。我終於離開書桌，仰躺在床上，好像睡了四、五十分鐘之後，再度感到有人在我的身邊輕聲說如下的話，突然間，我醒了過來，並爬起床。

「La diable est mort」

凝灰岩的窗外，不覺間已是冷峭的拂曉了。我佇立在門前，環顧空無一人的房間裡面。此時，我發現對面的窗玻璃上，蒙上一層斑駁的霧氣，而且露出一片小小的風景，那的確是泛黃之松林對面的海景，我怯生生地走近窗前，發現釀成這片風景的，實際上是庭院中的枯黃草坪與水池。然而我的錯覺，於不知不覺中喚起了我對家的鄉愁。

我下決心，待九點一到，即撥電話到一家雜誌社，總之，得籌措一些錢回家去。一邊把書本及稿紙塞進放在書桌上的手提包中。

六、飛機

我從東海道線的一處車站，搭車前往內陸的避暑地去。在此寒冷的天氣裡，司機不知爲何竟穿著舊雨衣。我對這種暗合感到心悸，試圖不看他而望向窗外，此時我發現在長著低矮松樹的那邊——可能是舊街道，有一列送葬的行列。其中沒有白色的提燈或燈籠，但金銀色的人造蓮花，靜靜地在轎子前後，搖晃而行……

好不容易回到自己的家之後，我藉著妻子與安眠藥的力量，過了二、三天平和的日子。我家的二樓，隱隱約約可以瞧見松林外的海。我坐在二樓的書桌前，聽著鳩聲，決定只在上面工作。鳥，除了鳩與烏鴉之外，痲雀也飛進走廊來，那對我而言，是愉悅的。「喜雀入堂」——我拿著筆，於此時想起了這句話。

一個溫暖的陰天午後，我到一家雜貨店買墨水。此時，店裡所擺列的只有暗褐色的墨水。暗褐色的墨水，是所有的墨水中，最令我不愉快的。我無奈地走出這家店，獨自在行人稀少的街道上信步而行。此時，有一個好像近視，年約四十的外國人，聳著肩迎面而來，與我擦身而過。他是住在此地，患有被害幻想症的瑞典人，名字叫做史特林堡。當我與他擦身而過時，肉體上彷彿傳有某種感應。

這條街道只有二、三町長。但在我通過此二、三町時，卻有一隻半身黑色的狗，四度經過我的身旁。我彎進一條橫巷，想起了Black and white的威士忌，而且想起剛才那個史特林堡的領帶，也是黑白相間的顏色。這些情形對我而言，絕非偶然。既非偶然的話——我覺得我只有頭在行走似地，於是暫時駐立街頭。路旁的鐵絲柵欄中，有個略帶彩虹顏色的玻璃缽，缽底四周彷彿浮現類似機翼的模樣，此時，有幾隻麻雀從松樹梢飛下來，但飛到玻璃缽的附近時，所有麻雀又不約而同地往空中飛逝而去……

我到妻子的娘家去，坐在庭前的藤椅上，庭院一隅的金網中，有幾隻白色的來亨雞，靜靜地來回走著，還有一隻黑狗躺在我的腳邊。我心中急著想解開任何人都不懂的疑問，卻仍裝作一副冷靜的模樣，與岳母及妻弟聊著天。

「來到這裡眞閒靜啊！」

「跟東京比起來，那是當然囉！」

「這裡也會有吵雜的時候嗎？」

「當然，這裡也是人世呀！」

岳母微笑地說著，的確，避暑地也仍是「人世」。僅僅一年，這裡到底發生過多少罪惡與悲劇，我是瞭若指掌。欲慢慢謀殺患者的醫生、縱火燒養子夫婦家的老太婆、欲奪妹妹之財產的律師——每當看到這些人的家，無異是看到人生中的地獄。

「這條街上有一個瘋子呢？」

「是H君吧！那不是發瘋，而是變成痴了。」

「那是早發性痴呆症，每當我看到他時，便覺毛骨悚然，最近，也不知他有何心思，竟在碼頭觀世音前參拜。」

「你說毛骨悚然？……必須更堅強些才行唷！」

「姊夫與我們比起來，算是很堅強的了！但……」

滿腮鬍鬚的妻弟，也從床上坐起，像往常一樣，非常客氣地加入我們的談話。

「因爲堅強之中也有脆弱的地方……」

「啊！啊！那可就麻煩了！」

我看著說這話的岳母，不由得苦笑，此時，妻弟也微笑著，並眺望遠方牆外的松林，恍恍惚惚地繼續說著話。

（這個病後初癒的年輕弟弟，在我看來，彷彿是脫離肉體的精神似的）

「眞是奇怪，有時很想索群獨居，但人類群聚的慾望卻也很強烈……」

「以爲是好人，有時卻偏是壞人。」

「不！與其說是善惡，倒不如說是什麼更反對的事物……」

「那麼！大人之中也有小孩子吧！」

「也未必如此，我雖無法清楚說明，但……或許就像電的兩極吧！正反兩面總是同時存在的。」

這時，令我們嚇一跳的，是強烈的飛機聲。我不自覺地仰望天空，發現一架距離松樹梢相當近的飛機，機翼塗成黃色，是架難得一見的單葉機。雞犬因聽到此聲響，嚇得各自四處逃竄。尤其是狗，更是一邊叫，一邊夾著尾巴逃往走廊去。

「那架飛機不會掉下來嗎？」

「放心……姊夫知不知道所謂的飛機病呢？」

我點起香菸，並以搖頭代替「不知道」。

「聽說搭飛機的人，一直只呼吸高空的空氣，因此漸漸地無法忍受地面上的空氣……」

岳母離開後，我在無風的松林中漫步著，漸漸陷入憂鬱之中。為什麼那架飛機不往住處飛，卻飛過我的頭上呢？又為什麼那家旅館只賣飛艇牌香菸呢？我為各種疑問感到苦悶，選擇無人的道路走去。

海在低矮的砂丘那邊，陰沈沈的一片灰色，那砂丘上聳立著一架沒有鞦韆的鞦韆架，我眺望著鞦韆架，驀地想起絞刑台。實際上，在鞦韆架上停有二、三隻烏鴉。烏鴉們看到我，卻無飛走的樣子，而且正中央的一隻，還將大嘴仰向天空，著著實實地叫了四聲。

我沿著草已枯萎的砂丘，轉入別墅林立的小徑。在小徑右側的高大松樹間，應該矗立著一棟白色的雙層木造洋房（我的好友，稱之為「春之樓」），但當我通過這棟房子前面時，水泥地的地基上只有一個浴槽（水龍頭．蛇口）。火災——這個念頭瞬間經過我的腦際，我不願往那邊看，於是一逕地往前去，此時，有一個騎腳踏車的男子，筆直地迎面而來，他戴著茶褐色的打鳥帽，眼睛僵硬地瞪著前方，並將整個身軀彎到手把上。他的容貌突然讓我想起姊夫的臉，更不待他來到眼前，就彎進了一條小岔路，但這條小岔路的正中央，有一隻腐爛的鼹鼠屍骸，腹部朝上躺在那兒。

不知什麼東西一直監視著我，每一舉足都令我不安。就在這時，半透明的齒輪又一個一個地遮住我的視線，我深恐最後的時刻已經迫近，挺挺頸脖向前直去。齒輪隨著數目的增加，突然慢慢地轉動起來，同時，右側的松林枝椏寂靜地交叉著，猶如透過精美的雕花玻璃來看東西一樣，我感到心跳加快，幾度想在路旁停下來，卻宛如被人推著一般，連停下來都不是件易事……

約莫三十分鐘之後，我仰躺在家裡的樓上，靜靜地閉上雙眼，忍受著激烈的頭疼，此時，我的眼眶中可以看到一隻具有銀色羽毛如鱗般重疊的翅膀，它的確清清楚楚地映在我的網膜上，我睜開眼睛，望著天花板，天花板上當然看不到那種東西，於是我再度閉上眼睛，然銀色的羽翼依然映在黑暗之中，我突然想起上次搭乘之汽車冷卻器的罩蓋上，也繪有這樣的羽翼……

這時，有人慌慌張張地上了樓，卻又即刻劈啪劈啪地跑下去，我知道那是妻子，於是驚異地起床，急忙跑到樓梯前稍暗的客廳，看到妻俯伏著，好像強忍住喘氣似的，肩膀不斷地顫動著。

「怎麼了？」

「沒！沒什麼！」

妻好不容易抬起頭，勉強微笑地繼續說：

「沒什麼事，只是我無端地覺得你好像會死，所以……」

那是我一生中最可怕的經驗。——我再也沒有繼續寫下去的力氣了。

生活在這種心境之中，其痛苦眞是無可言喻。是否會有人在我睡覺的時候，偷偷地把我勒死？

海市蜃樓

1

一個秋天的中午，我和從東京來遊玩的大學生K君，一起出去看海市蜃樓。大家都知道吧！從鵠沼海岸可以看到海市蜃樓。事實上，我家的女傭看到的是小船的倒影，卻感動地說：「與前幾天報紙所登的照片一模一樣唷！」

我們彎進亭榭旁，想順道邀O君❶也一起去。O君依然穿著紅襯衫，大概是正在準備午餐吧！因此從牆外可看到他在井邊，一個勁兒地搖動著抽水機。我舉起梣樹做的手杖，向O君輕輕地打了個招呼。

「從那邊進來吧！哦！你也來了？」

O君似乎以爲我是和K君一起來遊玩的。

「我們是出來看海市蜃樓的，你要不要一起去呢？」

「海市蜃樓？」

---

❶ O君：與芥川交遊甚密的西畫家小穴隆一。

O君突然笑了出來。

「最近海市蜃樓可眞是轟動啊！」

約莫五分鐘之後，我自和O君一起走在覆有一層厚砂的路上。路的左側是一片沙灘，其上有兩條黑沉沉之牛車的車轍，斜斜地通過。我對這深入地面的車轍，感到一股無形的壓迫感。不屈不撓之天才的工作痕跡——這種感覺也不由得壓迫著我。

「難道我還不夠健壯嗎？因爲連看到那種車轍，我都莫名其妙地無法忍受。」

O君蹙著眉，卻沒回答我的話。然而，我的心境，O君似乎完全瞭解。

不久，我們通過了松林——疏落而低矮的松林，走在引地川的岸邊。海，在廣闊沙灘的那一邊，於燦爛的晴空下，顯出一片的湛藍。可是，繪之島上的每一棟房屋和樹木，卻呈現出陰晦的憂鬱。

「是新時代呢？」

K君的這句話說得非常突然，而且臉上還露著微笑，新時代？——轉瞬間，我發現了K君的「新時代」，那是指背對防砂竹籬而眺望海面的一對男女。可是，身穿薄外衣加上披肩斗篷，又戴著中折帽的男子，可不足以稱爲新時代，倒是女子的短髮，以及洋傘、低跟鞋，的確是新時代的產物。

「好像很幸福呢！」

「令你羨慕的一對吧！」

O君嘲弄著K君。

可以看見海市蜃樓的場所，在距離他們一町之處。我們每個人都匍匐在地上，眺望著河那一邊，浮在沙灘上的水蒸氣，沙灘上有一條青絲，大約有緞帶的寬度，不停地搖晃著，那似乎是海水的顏色映在水蒸氣上所形成的，除此之外，沙灘上看不到任何形影或其他東西。

「那就叫做海市蜃樓嗎？」

K君腮下沾滿沙子，似乎很失望地這樣說著。此時，不知從何處飛來一隻烏鴉，在距我們二、三町遠的沙灘上，掠過搖晃的藍色影帶，飛往另一個方向去了。同時，鴉影在那片水蒸氣上，剎時間，呈現倒影，一閃而過。

「今天能看到這樣的景象，算是不錯了。」

O君說這話時，我們三人都自沙灘上站了起來。而不知何時，我們先前超越的那兩個「新時代」，此刻正朝我們這邊走來。

我嚇了一跳，回頭看著我們的後面，他們仍在離我們約一町之處的竹籬後，繼續聊著什麼似的。我們——尤其是O君，突然洩了氣似的笑出來。

「這邊不眞有海市蜃樓嗎？」

迎我們而來的那兩個「新時代」當然是別人囉！可是女的短髮及男的所戴的呢帽，幾乎與他們一模一樣。

「我總覺得有點可怕！」

「我覺得我好像曾在什麼時候來過此地。」

我們這樣地說著，此番不沿引地川的岸邊走，而越過低砂丘而行。砂丘上的防砂竹籬邊，依然泛黃的矮松樹，O君通過那裡時，一使勁地彎下腰，拾起了砂上的東西，那是在類似瀝青的黑框中，排列著蟹型文字的木牌子。

「那是什麼東西啊？Sr. H. Tsuji……Unua……Aprilo……Jaro……1906……」❷

「不知道是什麼東西？dua……Maiesta……？還寫有1926呢！」

「這，唉！這不是海葬之屍體所帶的東西嗎？」

O君以此推測。

「但海葬屍體時，不是只要用帆布或其他東西包起來即可嗎？」

「因此才要掛木牌呀！——瞧！這裡釘有鐵釘，這原來是十字架的形狀呢！」

這時，我們已走在類似別墅的竹籬、松林間。木牌似乎就是O君所推測的那種東西。我們再度感覺到在光天化日之下所不應該有的可怕感覺。

「撿到不吉祥的東西呀！」

「什麼，我偏要把它當成吉祥物……只是從1906到1926，才二十歲就去世了。才二十歲……」

「不知道是男的？還是女的？」

「是啊！……可是這個人或許是個混血兒。」

我回答著K君的話，想像著死在船中的混血兒青年，依照我的想像，他的母親應該是日本人。

「海市蜃樓嗎？」

O君直視著前方，突然如此自言自語，那也許是無意中說出來的話。但它卻隱隱地觸動我的內心。

「喝點紅茶再走吧？」

不知何時，我們已佇立在房舍林立的大街角了。房舍林立？——但是覆有乾砂的道路上，卻幾乎不見行人的蹤影。

「K君你覺得怎麼樣呢？」

「我無所謂……」

此時，一隻純白色的狗，垂頭喪氣地從那邊走來。

2

K君回到東京之後，我和O君及妻一起渡過引地川的橋。這次的出發時間是下午七點左右——剛吃過晚飯。

那晚，天上看不到一顆星星。我們不太說話，靜靜地走在毫無人跡的沙灘上。引地川的河口附近有一盞燈火搖晃，那可能是漁船出海的信號。

浪濤聲頻頻傳來，愈是走近海邊，海岸的腥臭味愈是強烈，那大概是被海浪沖到我們腳

---

❷ **Sr. H. Tsuji……Unua……（天主教）**「辻氏……一九〇六年四月一日，一九二六年五月二日。」

邊的海草與漂流木的味道。不知爲何，我總覺得除了鼻子，我連全身的皮膚都嗅到這味道。

我們在海岸邊佇立片刻，望著黑暗中隱約可見的海浪。海面上一片漆黑，我想起了大約十年前，在上總某處海岸停留的事，同時也想起和我一起停留在那裡的一位朋友。他除了從事本身的研究之外，也曾幫我校正〈芋粥〉這篇短篇小說。……

不久，O君不自覺地在海邊蹲了下來，點起一根火柴。

「你在做什麼呢？」

「沒做什麼，只是……只是想點點火，或許可以看到許多東西吧？」

O君轉過頭來仰望著我們，大半是在向我妻子說話。的確，一根火柴的亮光，照出了散亂在水松穗子，石花菜之間的各式各樣的貝殼。那根火柴熄滅之後，O君又重新點燃一根，慢慢地走在海邊。

「啊！好可怕啊！我以爲是溺死鬼的腳呢！」

那是一隻半埋在沙裡的蛙鞋，還有海草之間，也有很大的岩石絆在那裡。然而當火熄滅之後，四周變得更暗了。

「沒有白天那樣的收穫吧！」

「收穫？哦！那個木牌嗎？那種東西可不是常有的。」

我們離開不斷衝擊的浪濤聲，走向寬廣的沙灘，我們的腳除了踩到沙之外，亦時時踩到海草。

「這附近也會有各式各樣的東西嗎？」

「再點一根火柴看看吧！好嗎？」

「好了吧！……咦，有鈴聲呢！」

我仔細地聽了一會，因爲我以爲那是我最近常發生的錯覺，然而，在某處的確有鈴聲響著，我想再次詢問O君是否聽到但此時落後二、三步的妻子，發出笑聲對我們說：

「是我木屐上的鈴鐺在響啊——」

然而，我就是不回頭，也敢確定她穿的一定是草鞋。

「我今晚成了個小孩，穿起木屐來走路呀！」

「鈴聲是從你太太的袖子中傳出來的，所以——啊！是丫兒❸的玩具吧！是那種繫有小鈴的塑膠玩具！」

O君這樣地說著，且笑了出來，就在這時，妻子追上了我們，三個人並排一烈地走著，我們以妻子的玩笑當引子，較先前更起勁地聊著。

我對O君說了昨天晚上所做的夢。那是在一棟文化住宅之前，我與卡車司機談話的夢。在那夢中，我認爲以前確實見過那司機，但究竟是在那裡看過？夢醒後還是不知道。

「後來卻突然想起來，那是三、四年前，曾來做過一次談話筆錄的女記者呀！」

「那麼是女駕駛囉！」

「不！當然是男的，只有臉部是那個女記者。如此看來，只有一面之緣的東西，也可能

---

❸ 丫兒：指二男也寸志。

存留在腦中某一角落吧！」

「或許吧！面貌是留給人最深刻印象的部分……」

「但是我對那人的面貌卻一點也不感覺興趣，因此反而覺得毛骨悚然，總覺得在意識領域之外，仍有許多不知名的事物……」

「就像點亮了火柴，便能看到許多東西一樣！」

我這樣地說著，突然發現目前清晰可見的只有我們的臉部，然而此刻與先前一樣，見不到任何星光，我又覺得毛骨悚然，幾度仰望天空。此時，妻似乎已發覺到怪異之處，不待我說話，便回答了我的疑問。

「大概是砂子的關係吧！不是嗎？」

「可能是吧！」

妻雙手抱在胸前，回頭看看寬闊的沙灘。

「砂子這傢伙是惡作劇專家，因爲海市蜃樓也是它造成的。……太太，您還沒看過海市蜃樓吧？」

「不！最近看過一次——但只是看到一種青色的東西……」

「只是那個呀！今天我們看到的也是那個東西。」

我們走過引地川的橋，走在亭榭的堤岸外邊。不知何時刮起了風，吹得松樹梢直發出呼呼聲。此時，有一個身材矮小的男子，正朝這邊走來，我忽然想起今年夏天所看到的錯覺。那也是一個像這樣的晚上，我把懸在白楊樹枝上的紙，看成了鋼盔。然而，那個男子絕非錯覺，而且彼此愈是靠近，愈能清楚地看到身穿襯衫的胸部。

「什麼？那個領帶別針是？」

我小聲地這樣說之後，突然發現我以爲是領帶別針的東西，原來是香煙的火。此時，妻銜著衣袖，較我們先笑了出來，而那個男子卻毫不旁視地，迅速地與我們擦肩而過。

「晚安了！」

「晚安！」

我們與O君愉快地道別之後，繼續走在松濤中，而在那松濤中隱隱約約地可以聽到蟲的叫聲。

「爸爸的金婚儀式是在什麼時候？」

「爸爸」——是指我父親。

「什麼時候嘛？……奶油已從東京寄來了嗎？」

「奶油還沒收到，只收到臘腸。」

不一會兒，我們回到了家門前……半掩的門前。

大導寺信輔的半生

——一幅精神的風景畫

一、本所

大導寺信輔的出生地在本所之回向院的附近。在他的記憶之中，沒有一條美麗的街道，也沒有一棟美麗的房子，尤其是他家四周，盡是一些地窖木工、糖果點心商店及舊家具舖。面臨這些房子的街道，無時無刻不是泥濘不堪，再加上街道的盡頭是竹倉大溝，漂浮著南京藻的大溝，總是不斷地散發出陣陣的惡臭。這樣的街道，當然讓他感到憂鬱。然而，本所以外的街道，更是教他不快。從房屋林立的山坡住宅區，到櫛比鱗次的乾淨小商店，及江戶時期所遺留下來的工商業者居住區，彷彿都壓迫著他。他愛寧寂的本所——回向院、駒止橋、橫綱、下水道、榛木馬場、竹倉大溝，更甚於愛本鄉及日本橋，或許雖說那是愛，倒不如說是近乎於憐憫吧！可是，若僅是憐憫，爲何在卅年後的今天，時時進入他夢中的，仍然盡是這些場所呢？……

信輔自從有記憶以來，就一直鍾愛著本所的每一條街道，路旁沒有樹木的本所街道，總是塵沙飛揚。但卻是本所的街道告訴了幼小的信輔，什麼是自然之美。他是在雜亂骯髒的街道上，吃著零食長大的少年。鄉村——尤其是位於本所之東，水田漠漠的鄉村，對於在這種環境長大的他，一點也不感興趣。說那是自然之美，毋寧說是展現在眼前的盡是自然之醜，然而，本所的每一條道路，縱使缺乏自然，但植在屋頂的花草，映在水塘中的春雲，皆是多麼教人感動的美麗景象啊！他因它們的美，而在不知不覺中愛上了自然，可是逐漸使他們自然之美放開眼界的，不僅僅是本所的街道，還有書——他在小學時代，好幾次，熱心地反覆閱讀德富蘆花❶所著的《自然與人生》，以及拉柏克❷翻譯的《自然美論》，當然也啓發了他。而在他們所看到的自然中，給予他最深刻的影響的，的確是本所的街道，是家家戶戶、樹木、街道，都顯得特別骯髒破爛的街道。

實際上，在他所看到的自然中，給予他最深刻影響的，是破爛骯髒的本所街道。他往後曾不時地到本州各地做短期的旅行，但粗獷的木曾自然，經常令他感到不安，而柔美的瀨戶內的自然，也經常讓他覺得無趣。他鍾愛破爛不堪的自然，遠勝於那些自然，但更愛人工的文明中，那種隱隱喘息的自然。卅年前，本所下水道的楊柳，回向院的廣場、竹倉及雜木林——這些自然美，至今仍殘留各地，他不像他的朋友，能去日光或鎌倉，卻每天早上和他的父親一起在他家附近散步，那對於當時的信輔而言，的確是一種莫大的幸福，然而這可是他向朋友得意地炫耀時，無意間會感到羞怯的一種幸福。

一個朝霞已褪的早晨，他與父親像往常一樣到百本杭去散步。百本杭的大川河岸是垂釣者特多的場所，但是，那天早上所見之處，卻看不到任何一個垂釣者，只在寬廣河岸的石垣之間，有幾艘舟船晃動著。他想問父親，爲什麼今天早上看不到釣魚者，然尚未開口之際，即已突然發現答案。

原來在朝霞晃動的川波中，有一具光頭屍體，漂浮在腥臭的水草及五味雜陳的亂樁之間。——他至今依然清晰地記得這天早上的百本杭。卅年前的本所，對於易感的信輔而言，殘留著無數追憶的風景畫，可是這天早上的百本杭——這一幅風景畫，同時是本所街道所投映之精神陰影的全部。

二、牛奶

信輔是個完全沒有吮過母奶的少年，原來身體衰弱的母親，在生下他之後，就不曾給過他一滴奶，而且，他家的貧苦生計，是不可能請乳母的，於是，自從他呱呱墜地以來，就是喝牛奶長大，這對於當時的信輔而言，是一種不由得令人憎恨的命運，他輕蔑每天早上送到廚房的牛奶聲，又在不知實情的情況下，一味地羨慕只喝母奶的朋友。

在他入小學時，他年輕的叔母因脹乳而苦惱，可是奶怎麼擠也擠不滿一個黃銅漱口碗，叔母蹙著眉頭，半開玩笑地對他說：「信兒可否幫我吸吸呢？」然而，從小喝牛奶長大的他，當然不知道吸奶的方法，最後，叔母請了鄰家的小孩——地窖木工的女孩，來幫她吸堅硬的乳房。乳房隆起的半球上，浮現藍色的靜脈。縱使信輔會吸，易羞的他，也一定不會替

---

❶ **德富蘆花**：明治時代，日本近代社會派小說家，散文家（一八六八～一九二七年）。

❷ **拉柏克**：J.Lubboch（一八三四～一九一三）英國的人類學家。

叔母吸乳，儘管如此，他依然憎恨鄰家女孩，同時也憎恨請鄰家女孩幫她吸奶的叔母。

這樁小事件，在他的記憶中，留下難以抹滅地抑鬱以及嫉妒。除此之外，他的Vita sexualis❸或許也是開始於這個時候。……

信輔除了知道牛奶之外，深以不知母乳爲恥，這是他的秘密，是絕對不能讓任何人知道的一生的秘密，這個秘密對於當時的他，亦伴隨著一種迷信。他是個頭很大，身體卻瘦小得令人驚異的少年，而且除了容易害羞之外，還是個連磨得亮澄澄的切肉刀，亦會悸動不已的少年。關於這一點——尤其是這一點，絲毫不像平日以參加優完、鳥羽之役❹而自傲的父親，他不知從幾歲開始，也不知根據從那裡得來的理論，確信自己之所以不像父親，是因爲喝牛奶的緣故，並且確信他身體的羸弱，也是牛奶造成的，若眞是牛奶的緣故，那麼只要稍微顯出衰弱，就一定會被朋友看穿他的秘密，因此他經常接受朋友的挑戰。挑戰的模式當然不是每次都一樣，有時是不用竹竿而跳越過竹倉大溝，有時是不搭梯子而爬上回向院的大銀杏樹，有時卻是與他們其中一人互毆扭打。信輔一站到大溝前，就感到膝蓋的顫動，然而，他依然緊閉雙眼，拚命地跳過浮有南京藻的水面，這種恐懼與猶豫，無論是爬回向院的大銀杏樹時，或是與他們其中一人打架時，都會襲擊著他，但他每次都勇敢地征服它們。這種做法雖是出自於迷信，事實上，卻是一種斯巴達式的訓練。這種斯巴達式的訓練，在他的右膝蓋上，留下了一生都難以抹滅的傷痕。恐怕這也影響到他的性格——信輔至今仍記得父親嚴厲的斥責——「你是如此的懦弱，何時才能成大器。」

幸好他的迷信逐漸地消失了，而且他在西洋史中，發現與他的迷信成反證的事物，那就是狼餵奶給羅馬建國者羅繆斯❺的那一節，從此更爲漠視不知母乳這回事，並以喝牛奶長大而感到驕傲。信輔記得進入中學的那年春天，他與叔父一起到當時叔父所經營的牧場去。猶記得穿著制服的胸部，好不容易攀在木柵上，拿乾草餵食逐漸走近之白牛的情景。牛仰望著他的臉，靜靜地吃著乾草，當他看著牠那種神情時，突然從牛的瞳孔中，感到某種近似人類的情感。幻想——或許是幻想吧！然他的記憶中，至今仍記得有一頭大白牛，在花朵盛開的杏樹下，隔著柵欄仰望他，這番情景，令他深深懷念……

三、貧困

信輔的家庭是貧困的。但他們的貧困並不是雜居在大雜院中的那種下層階級的貧困，而是爲了矯飾門面而不得不受苦痛的中下層階級的貧困。官職退休的父親，扣除部分的儲金利息外，一年五百圓的養老金，必須扶養女傭及家人五口，因此需要儉上加儉。他們住在連客廳共五間房間的房子裡——而且是有小庭院的住家，只是大家都很少穿新衣服罷了。父親經

---

❸ **Vita sexualis**：（拉丁語）性生活、性生涯。森鷗外著有以此為題的著名小說，龍之介亦有以此為題的作品。

❹ **伏見鳥羽之役**：慶應四年一月，京都南部郊之伏見、鳥羽的幕府軍與薩摩。長州軍元間的內戰，是為戊辰戰爭的發端。

❺ **羅繆斯**：Romulus，被捨棄於提貝勒川，喝狼乳長大，並於其生長之地建立羅馬國的傳奇人物。

常於晚酌時，喝著不登大雅之堂的劣酒，卻甘之如飴，母親則經常在短和服下，補著已經鬆動的繫帶。信輔至今仍對塗有假漆的書桌，記憶猶新。桌子是二手貨，上面鋪著綠色羅紗，閃著銀光的金屬抽屜，乍看之下，與其說這是他的書桌，倒不如說是他家的象徵，永遠都在矯飾門面的家庭生活象徵……

信輔憎恨這種貧困。當時的憎惡，至今仍在他的內心深處，留下難以抹滅的影響。他不能買書，不能上暑期學校，不能穿新外套，但他的朋友卻都享用著它們。他羨慕他們，偶爾也嫉妒他們。但他自己卻不承認那是嫉妒及羨慕，因爲他輕蔑他們的才能，然他對於貧困的憎惡並不因此而有所改變，他憎惡舊榻榻米，暗黃的燈光，以及蔦的圖案已剝落的花紙——一切家庭中的寒傖，這都還算好，他亦因寒傖而憎厭生下他的雙親，尤其是又短頭又禿的父親。父親經常出席學校的保證人會議。信輔以在朋友的面前看見這副模樣的父親深感恥辱，同時也對他以親生父親爲恥的卑賤心理，引以爲恥。他模仿國木田獨步❻的《不自欺之記》，曾在一張泛黃的格紙上，寫下這樣的話——「我不能愛父母，不，非不能愛，儘管愛父親其人，也，不能愛父母的外貌，以貌取人，乃君子之所恥也。何況是父母之貌，然予無論如何也無法愛父母的外貌……」

但他憎恨發自貧困的虛僞，更甚於憎恨貧困本身。母親將放在「風月」餅乾盒中的蛋糕送給親戚，可是，其中放的並不是「風月」所出品的，而是附近餅乾店買的蛋糕。父親也是如此——他父親總是認眞地教導我們「勤儉尚武」，但若據父親的教導，則買一本舊的玉篇❼和一本漢和辭典，就算流於「奢侈文弱」了！而信輔本身的說謊功力，並不遜於他的父母，為了他渴求的書籍、雜誌，在一個月五十錢的零用錢之外，他還編了許多藉口——零用錢掉了，要買筆記簿，要交學友會的會費等——來騙取父母的金錢，即使只有一錢也好，甚且在錢不夠用時，還會巧妙地討父母的歡心，以襲捲下個月的零用錢。更會向疼愛他的年老母親撒嬌。當然，自己的謊言也像父母的謊言一樣，令他感到不快。但他還是說謊，大膽而狡猾地說謊，那對他比什麼都需要，同時對給他一種病態的愉快——類似殺種的愉快。這一點上的確像個不良少年，他在《不自欺之記》的最後一頁，寫下著一行這樣的話——「獨步說為戀愛而戀愛，我說為憎惡而憎惡，憎惡對於貧困、虛偽的所有的憎惡。……」

這是信輔的衷心話語，他於不知不覺中，憎惡著對於貧困的憎惡，這種雙重的憎惡，困擾著廿年前的他。但是，他並非完全沒有幸福，他考試成績每次都名列第三或第四，而且也有一個低年級的美少年，向他表示好感，那對信輔而言，可說是陰天裡散發出的陽光，然憎惡對於他的心理壓迫，更甚於任何情感，而且，在他的心中，留下難以消滅的痕跡。他在脫離貧困之後，依然憎恨著貧困，同時，像貧困一樣地憎恨著豪奢。豪奢——對於豪奢的憎惡，也是中下層階級的貧困，所留下的烙印，或「僅僅」是中下層階級所留下的烙印。至今

---

❻ **模仿國木田獨步**：國木田獨步寫有日記《不自欺之記》，是獨步他從明治廿六年到卅年的青年期日記。

❼ **玉篇**：中國字典，梁朝的顧野王所編，經後人的增補改訂，而廣泛使用，共卅卷。

他仍能在自己身上感覺到這種憎惡，憎惡必須與貧困鬥爭的Petty Bourgeois❽的道德性……

大學畢業的那年秋天，信輔去訪問了一位尚就讀於法科的朋友，他坐在牆壁、花紙都很舊，在舖有八蓆榻榻米的客廳裡講話，他們身後出現一個年約六十左右的老人，信輔在這位老人的臉上——酒精中毒的臉上，直覺他是官職退休的人。

「這是家父！」

他的朋友簡單地介紹了那位老人，老人傲然地不理會信輔的問候，然後在進入房間之前，說了一句：「請別客氣，那邊也有椅子的。」的確是有兩張扶手的椅子排列在幽暗的走廊上，是高腰的，紅坐墊已褪色的，半世紀前的那種古老椅子。信輔感覺這兩張椅子全都是屬於中下層階級的，同時，他的朋友也像他一樣，深以父親爲恥。這樣的小事件也深深烙印在他的記憶之中。思想或許在他後來的心中，給予他許多煩雜的陰影。但他畢竟是退休官吏的兒子，是比下層階級的貧困更甘於虛僞之中下層階級的人所生的兒子。

四、學校

學校對於信輔，也只是留下暗淡的記憶。他讀大學時，除了出席二、三堂不用抄筆記的課之外，他對大學的課程一點也不感興趣。然而，從初中到高中，從高中到大學，通過了好幾關考試，也僅僅是他脫離貧困的救命符罷了，但信輔在中學時代並不承認這項事實，至少不曾坦誠地承認。中學畢業之後，貧困的威脅又像陰天一樣，開始壓迫著信輔的心靈，他在大學及高中的時期，曾幾度計畫休學。但貧困的威脅正也暗示著晦暗的將來，因而使計畫無法如願達成。他當然憎恨學校，尤其憎恨拘束繁多的中學。門衛的喇叭聲是多麼刻薄地響著，而操場上茂盛的白楊樹，又顯出多麼憂鬱的顏色。信輔在那裡學習了西洋史的記事，沒有實驗的化學方程式，歐美每個都市的居民人數——所有無用的小知識。那只要稍微努力一下，也未必是件苦差事，但要忘記無用的小知識，卻是件困難的事。杜斯妥也夫斯基在《死人之家》中說：就像將第一個水桶中的水，移到第二個水桶中，再將第二個水桶中的水，移到第一個水桶中，被迫做無用勞役之囚犯的自殺。信輔在灰色的校舍中——丈高白楊樹的搖動中，經歷了這類囚犯的經驗——精神的苦痛。而且——

而且，他最憎恨的老師也是在中學時代。老師以個人身分而言絕非壞人，但在「教育的責任」上——尤其是在處罰學生的權利這方面，自然而然地使他們變成暴君。他們爲了把他們的偏見根植於學生的心中，是不擇手段的。他們的其中一人——有不倒翁之綽號的英語老師，經常因信輔的「自負」而處罰他，但所謂「自負」的理由，只不過是信輔讀了獨步或花袋（作家田中花袋）的作品罷了。另外一個老師——就是左眼裝著義眼的國語漢文老師，這位老師因他對武藝或競技不感興趣而深爲不悅，因此幾度嘲笑信輔：「你是女生嗎？」信輔偶爾也會赫然反問：「老師你是男生嗎？」老師對他傲慢當然課以嚴罰。除此之外，因反覆閱讀紙已泛黃的《不自欺之記》，其所承受的屈辱更是不勝枚舉。自尊心強烈的信輔爲了爭口氣保護自己，經常必須不斷地反駁這類屈辱，若不如此，便會像所有的不良少年一樣，輕

---

❽ **Petty Bourgeois**：（是出自於法語的辭彙）小市民，屬於中產階級者。

視自己。他自強術的道具當然是求諸於《不自欺之記》——

予所蒙受之惡名雖多，卻可分為三類：

「其一，文弱也，所謂文弱是指重視精神力量，勝於肉體力量。」

「其二，輕佻浮薄也，所謂輕佻浮薄是指愛功利以外之美的事物。」

「其三，傲慢也，所謂傲慢是指在他們面前狂妄而堅持自己所信仰的。」

但也不是每位老師都迫害他。其中一位老師就曾招待他參加他們家庭的茶會。又另外一位老師也曾借他英語小說。他依然記得，在他四年級畢業時，在這些借來的小說中，發現了《獵人日記》的英譯本，因而歡天喜地將它讀完這回事。然而，「教育上的責任」經常妨礙他與他們的親密交往，那是因為縱使博得他們的好感，其中也潛藏著諂媚他們權利的卑微。若非如此，就是潛藏著諂媚他們同性戀的醜陋。當他出現在他們面前時，無論如何也無法自在地行動，而且偶爾會很不自然地將手伸到香煙盒裡，或吹噓站著看戲，他們當然將他那種不規矩的行為解釋成傲慢。解釋乃是理所當然，因為他本來就不是討人喜歡的學生。在他相框中的舊照片上，映現出與身體不調和的大頭，閃現著惡作劇的眼神，彷彿是個體弱多病的少年，而且，具有這副神色的這位惡少年，以不斷地提出問題為難老師，使好老師感到困窘為無上的快樂。

信輔的考試學業成績得分都很高，只有操行分數從來沒有超過6分。他從6這個阿拉伯數字中，感到教員室中的冷笑。實際上老師是以操行分數爲後盾來嘲笑他，他的成績因爲這個6分，總是進不了第三名，他憎恨這種復仇方式的老師。

如今亦是——不！如今已在不知不覺中忘記了當時的憎惡。

中學對他來說是一場惡夢，但惡夢也未必全是不幸，他至少因此而培養出忍受孤獨的性情，否則他的半生旅程可能還會比今天更爲痛苦吧！他像做夢一般，成爲好幾本書的作者，但賦與他的畢竟是落寞的孤獨，安於這種孤獨的今日——或是除了安於孤獨，別於他法的今日，回顧廿年前，使他痛苦的中學舍，在微明中呈現出美麗的薔薇色，可是唯有操場上的白楊樹，依然在鬱鬱茂盛樹梢上，迴盪著寂寞的風聲……

五、書

信輔對於書的熱情開始於小學時代，賦與他這種熱情的，是父親書箱底之帝國文庫本的水滸傳❾，大頭小學生在微暗的燈光下，反覆地讀著《水滸傳》，而且在未打開書本之前，即想像著替天行道的大旗、景陽岡的大虎、及吊於菜園子張青之樑的人類大腿，相像？——可是，那想像卻比現實更現實。他也曾好幾次拿著木劍，在懸掛乾菜的後院與《水滸傳》中的人物——一丈青扈三娘或花和尚魯智深格鬥。這種熱情卅年來，一直支配著他。他記得他

❾ **帝國文庫本的水滸傳**：帝國文庫是明治時代博物所出版之江戶時代的文藝翻譯叢書。此指龍澤馬琴，高升蘭井山所譯的《新篇水滸畫傳》。

經常徹夜不眠地看書，不，桌上，車上，廁所裡——偶爾在路上也很熱忱地看著書。木劍當然自《水滸傳》以來，不曾再拿過第二次，但也曾幾度隨著書上的人物或哭或笑，也就是隨書中的人物而改變身分。他像天竺佛一般，穿過無數的輪迴過去，而轉變成伊凡．卡拉馬助夫⑩、哈姆雷特、公爵安德烈⑪、唐璜⑫、梅菲史特菲烈斯⑬、萊納克狐⑭——而且有的並不時暫時的轉變。一個晚秋的午後，他為了籌零用錢，而去訪問年邁的叔父。叔父是長州荻人，他在叔父面前便滔滔不絕地大論維新大業，上自村田清風⑮，下至山縣有朋，深深讚歎這些長州人材。但充滿虛偽的感激、加上臉色蒼白的高中生，說他是當時的大導寺信輔，倒不如說是年輕的裘利安．梭雷——《紅與黑》的主角。

這樣的信輔當然是一切事物皆學自書本，至少是經常依賴書本。實際上，他因想了解人生，而不注視街頭的行人，倒不如說是他因注視行人，而想了解書中的人生。對於欲了解人生而言，或許那是一種迂遠的方法，然街頭的行人在他眼裡，也只是行人而已。他為了了解他們——了解他們的愛、他們的憎惡、他們的虛榮心，除了看書一途，別無他徑。

讀書——尤其是讀十九世紀末歐洲所產生的小說與戲劇，他在那冰冷的燈光中，發現了在他面前展開的人間喜劇，不，或說他發現了自己善惡不分的靈魂，那不僅限於人生，他在本所的街道發現了自然美，但是在他所看的自然中，多少加入銳利的眼光，這仍是受他愛讀之幾本書的影響——尤其是元祿的詼諧。他因讀了它們，因而發現了「近都的山形」、「鬱金田的秋風」、「海上陣雨的全帆偏帆」、「朝黑暗走去的五位聲」——等本所不嘗賦與他的自然美。這「從書到現實」，對信輔而言，是恆常的眞理。他感到半生之間他愛戀了幾個女人，卻沒有任何人告訴他女人之美，至少不曾告訴他書本以外的女人之美，他在果地耶、巴爾札克、托爾斯泰的書中，學到了透過日光的耳朵及映於臉頰的睫毛影。對信輔而言，女人也因此而傳達美的訊息。若他不曾從書中學到女人之美，那麼或許他所發現的只是性，而非女人……

但是貧困的信輔，究竟買不起他想買的書，總得想出脫離這種困境的方法，第一是上圖書館，第二是逛租書店，第三是託他甚至於招來吝嗇之譏的節儉之福。他至今仍清晰地記得——大溝對面的租書店，租書店裡好心的老婆婆、及老婆婆的副業花簪。老婆婆相信剛進小學的「小男孩」是天真無邪的，但那「小男孩」卻發明裝作找書的樣子，而趁機偷讀書的方法。

---

⑩ **伊凡．卡拉馬助夫**：杜斯妥也夫斯基的長篇小說《卡拉馬助夫兄弟們》中的主要人物之一。

⑪ **公爵安德烈**：托爾斯泰的長篇小說《戰爭與和平》中的主要人物之一。

⑫ **唐璜**：Don Juan西班牙傳說中的風流人物，莫里哀的戲曲，拜倫的詩，經常使用的作品題材。

⑬ **梅菲史特菲烈斯**：Mephistopheles，德國的中世紀時所傳說的惡魔，轉化成歌德的作品《浮士德》中的梅菲斯特。

⑭ **萊納克狐**：Reinecke Fuchs（德語），中世紀日爾曼傳說的狐狸名稱，出現於歌德的　事詩等。

⑮ **村田清風**：（一七八二~一八五五）長州藩長。長州藩天保之故事的指導者。

他也清楚地記得——一整排盡是雜亂無章之舊書店的廿年前的神保町街道，和在舊書店的屋頂上承受日照之九段坡的斜面，當然當時的神保町街道並無電車與馬車通過。他——十二歲的小學生，爲了去大橋的圖書館，總是把便當和筆記本挾在腋下，反覆地來往這條街道。從大橋圖書館⑯到帝國圖書館⑰來回大約一里半。他也記得帝國圖書館所賦與他的第一個印象——對於高聳之天花板的恐懼，對於大窗戶的恐懼，對於無數人佔滿了無數椅子的恐懼，但幸好恐懼在來過二、三次之後更消失了，而且立刻對閱覽室、鐵架樓梯、目錄箱、地下室的餐廳感到一種親切感，之後他到大學圖書館或高中圖書館。他在這些圖書館中不知借了幾百本書，而在這些書中也不知喜愛了幾十本，但——

但他喜愛的——凡是不問內容只愛書的本身的，幾乎都是他自己買的書。信輔爲了買書從不涉足咖啡店，但他的零用錢仍經常不夠用，他因此每週三次，去教讀中學之親戚小孩的數學（！）若如此錢仍不敷使用時，只好去賣書，但是舊書的價錢總不值買新書之價錢的一半，而且長年於在身邊的書，落到舊書店裡去，這對他而言，是一種悲劇。在一個下著細雪的夜晚，他到神保町街道的舊書店一家一家地找書，在其中一家舊書店發現一本《查拉圖斯特拉》，那不是一本普通的《查拉圖斯特拉》⑱，而是他大約二個月前所賣出去的那本滿是用手翻髒了的《查拉圖斯特拉》。他佇立在店前，反覆地讀著這本舊的《查拉圖斯特拉》，愈讀愈是感到懷念。

「這本多少錢？」

大約十分鐘之後，他指著《查拉圖斯特拉》向舊書店的女老闆那樣說著。

「一元六十錢——你愛就算你一元五十錢好了。」。

信輔想起了這本書他才賣七十錢，但現在價格卻變成二倍，殺價到一元四十錢後，他終於再度買下這本書。雪夜的街道，家家戶戶和電車都顯得格外地靜寂，他走在這樣的街道上，於回到遙遠的本所途中，不斷地感覺到在他懷中的鋼鐵色封面的《查拉圖斯特拉》，但同時口中也一直嘲笑著他自己……

六、朋友

信輔不可能不問才能的多少而與人作朋友，縱使是一位正人君子，若只除品德以外毫無優點的青年，在他眼裡，也只是個無用的行人罷了，不！應該說是每當看到那種人時，他就禁不住要揶揄的小丑。那對於操行只有6分的他，是一種理所當然的態度。他從初中到高中，從高中到大學，經過幾所學校的期間，都不斷地嘲笑他們，他們有的人當然會非常憤恨他的嘲笑，但有人爲了反諷他的嘲笑，而更成爲模範君子。當他被呼爲「討厭的傢伙」時，總感到些微的愉快。但，無論如何的嘲笑，若是對方毫無反應，便會使他憤怒。有一個這樣

---

⑯ **大橋圖書館**：位於千代田區九段，博文館主大橋新太郎所創立的私立圖書館。

⑰ **帝國圖書館**：東京上野公園內之舊制的國立圖書館，現在是國立圖書館的分館。

⑱ **查拉圖斯特拉**：尼采所著的《查拉圖斯特拉如是說》『Also sprach Zarathusra』之略。

的君子——某高中文科的學生，他是李文格斯頓⑲的崇拜者。

住在同一宿舍的信輔，有一次假認眞地對他胡扯說，拜倫在讀李文格斯頓傳時，曾痛哭不已。直到經過廿年後的今天，這個李文格斯頓的崇拜者，依然在某基督教會的雜誌上讚美李文格斯頓，而那篇文章是這樣開頭的——「甚且連惡魔詩人拜倫，在讀李文格斯頓時，也不禁流下淚來，這告訴了我們什麼呢？」

信輔不可能不問才能的多寡而與人作朋友，縱使不是君子，但是沒有知識慾的青年，在他眼裡，依然視爲路旁的人，他並不要求他的朋友必須對他溫和，他的朋友即使不擁有年輕的心也是可以，不！所謂的好友，反而讓他感到恐懼，相反的，他的朋友必須要有頭腦，頭腦——周密的頭腦。他喜歡有頭腦的人更甚於美少年，同時又憎恨這種具有頭腦的人更甚於君子，實際上他的友情總是在愛的熱情中，夾雜幾分憎惡。信輔至今仍相信，除了這種熱情外，並無友情，至少相信在這種熱情外，沒有不帶Herr und Knecht⑳之臭味的友情，何況當時的朋友，在某一方面上，根本是毫不相容的死敵，他以他的頭腦做爲武器，不斷地與他們格鬥。惠特曼、自由詩、創造性的進化㉑——戰場幾乎是無所不在，他在那些戰場上打倒他的朋友，或被他的朋友打倒，這種精神的格鬥無非只是爲殺戮的歡喜而進行，但有一項事實是，他們在自然而然的狀態下，呈現出一種新觀念和新的美感。

清晨三點，蠟燭的火焰是如何地照耀他們的論戰？而武者小路實篤又是如何地支配著他們的論戰？——信輔至今猶鮮明地記得，九月的某個晚上，有好幾隻大燈蛾聚集在蠟燭下，燈蛾在深幽的黑暗之中，突然輝煌燦爛地飛撲而來，但一接觸到火焰，便如漫天謊言一般，叭噠叭噠地死去，如今那或許已成值得珍惜的無價之寶，但信輔成日每當想起這樁小事件時——每當想起這不可思議之美麗的燈蛾的生死時，不知爲何，在他的心底總感到些許悵然的寂寞……

信輔不可能不問才能的多少而與人做朋友，標準僅只如此，但標準卻不是全然毫無例外，那就是切斷他的朋友與他之間的社會階級差別。信輔對於和他生活在類似的中層階級之青年，絲毫不感拘束，唯有對他所認識的上層階級的青年——偶爾也對中上流階級的青年，會感到一股莫名其妙的憎惡。他們有的人是怠惰的，有的是懦弱的，又有的是官能主義的奴隸，但他憎恨的未必全是因爲這些缺點，而寧可說是對任何事物都感漠然的緣故，然他更會「無端」地憎恨他們本身的無意識，又因此而對下層階級——對他們社會的對蹠點，感到病態的憧憬，他同情他們，但他的同情畢竟毫無助益。

這種「無端」的憎恨，在與他們握手之前，便經常如針一般地刺著他的手。一個寒風凜凜的四月午後，尚是高中生的他和他們其中一人——某男爵的長男，一起站在江島的崖上，眼下即是波濤洶湧且有許多岩石的海濱，他們爲了讓少年們「潛水」，拋下了好幾枚銅幣，每當銅幣拋下時，少年們便噗通噗通地跳入海中，但是，卻有一個採牡蠣的漁女，在崖下燃

---

⑲ **李文格斯頓**：David Livingstone（一八一三～一八七三）英國的探險家，曾到非洲探險。

⑳ **Herr und Knecht**：（德語）主人與男僕。

㉑ **創造性的進化**：法國哲學家柏格森的根本思想概念，著有同名之書。

燒著的垃圾堆前，微笑地眺望著。

「這次要讓那傢伙也跳下去。」

他的朋友將一枚銅幣包在香菸盒的銀紙裡，然後一轉身，竭盡全力拋下銅幣，銅幣閃閃發光地落到風急浪高的那一邊，此時，漁女她已毫不猶豫地跳入海中。對於嘴角泛著殘酷微笑的朋友，信輔至今仍記憶猶新。他的朋友具有超越常人的語學才能，但卻又明顯地具有超越常人的尖銳牙齒……

附記：這篇小說已打算繼續再寫三、四倍，此番以「大導寺信輔的半生」爲題，誠然是不恰當的，但因沒有更適合的題目，亦只好用它。若是各位能肯定「大導寺信輔的半生」的第一篇，則吾人甚幸、甚幸。

大正十三年十二月九日，作者記

玄鶴山房

1

那是一棟小巧、雅緻，而有典雅大門的宅院，這一帶這種宅院並不稀奇，但「玄鶴山房」的匾額及牆垣裡庭園樹木，卻比別家更爲講究。

這家宅院的主人崛越玄鶴是一位小有名氣的畫家，但他的財產則是因獲得橡皮印的專利而得來的，或自從獲得橡皮印的專利以後，從事土地買賣而掙來的。事實上，他在郊外所持有的一些土地，本是連生薑也長不出來的不毛之地，但是如今卻變成紅磚綠瓦、房舍林立的所謂的「文化村」❶……

總之，「玄鶴山房」是一棟小巧、雅緻，而有典雅大門的宅院。尤其是最近，透過牆垣可看見松樹上掛著防雪的繩子，大門前舖著的枯松葉上，也點綴著紅色的紫金牛果實，如此更顯出宅院的風雅，而且這棟宅院所在的橫巷，來往行人非常稀少，就連豆腐店的小販經過這裡時，也要先把豆腐擔子放在大街上，才吹著喇叭走過去。

---

❶ **文化村**：上班族居住的郊外住宅區，具有文化設備。

「玄鶴山房——何謂玄鶴呢？」

無意間經過這家宅院的長髮繪畫學生，背著細長的畫具箱，向一個同是穿金鈕釦制服的繪畫學生這樣說著。

「不知道啊！難道會把所謂的嚴格，俏皮地說成這樣嗎？」

他們兩人都笑了，且愉快地通過這家宅院前，之前，冷清的巷道上，只留下不知他們其中哪個丟的一截「金牌」香菸的煙蒂，幽幽地冒出一縷細細的青煙。

2

重吉在成爲玄鶴的女婿之前，即在一家銀行服務，因此當他回到家時，通常都已是華燈初上的時刻了，這幾天以來，他每一推門進到屋裡，總感到一股奇異的臭味，那是玄鶴呼吸的味道，他患了老人極少患得的肺結核，而臥病在床，這種味道當然不會溢到屋外去。在冬天外套的腋下，挾著摺疊式提包的重吉，走進正門前的踏石時，不由得懷疑自己是否對這種味道神經過敏。

玄鶴在「副房」裡所鋪設的床鋪上，不是躺著，便是靠在棉被堆上坐著。重吉通常脫下外套和帽子，就一定到「副房」去說聲「我回來了」或「今天感覺怎麼樣」一類的問候話語，但是，從來就不曾跨進門檻一步，那是因爲深恐感染岳父的肺結核，另一原因是討厭那種呼吸的味道。玄鶴每當他來時，也只是回答「哦！」或「回來啦！」那聲音也是有氣無力，根本不像聲音，倒像是呼吸。重吉聽到岳父這樣的氣息時，偶爾也會對自己的不通人情而感到慚愧，但是進「副房」，對他而言，總是一件可怕的事情。

然後，重吉會到飯廳隔壁的房間，去探望也臥病在床的岳母「阿鳥」。阿鳥在玄鶴臥病之前——七、八年前即已癱瘓了，變成一個上廁所都不方便的人。玄鶴之所以娶她，除了因爲她是一個大藩藩長的女兒之外，還因爲她是一個姿色美麗的女人，如今她雖已年老。然而，眉目之間仍流露出美麗的影像。但是，坐在床上，專心補綴白襪的她，實與木乃伊沒有兩樣。重吉對她也只是說了句簡短的話：「母親，今天怎麼樣？」便走到有六張榻榻米大的飯廳去了。

妻子阿鈴不是在飯廳，便是與來自信州的女傭阿松一起在狹窄的廚房裡忙著。對重吉而言，收拾得乾乾淨淨的飯廳當然自無待言，即使是設有文化灶的廚房，也遠比岳父和岳母的房間來得親切。他是曾當知事之某政治家的次子，但他並不像豪邁的父親，倒像昔日是爲女歌手的母親，較具才華，那可從他和藹的眼神及細瘦的下巴看出來。重吉一進入飯廳後，便脫下西裝，換上和服，然後輕輕鬆鬆地坐在長火缽前，吸廉價的香菸，或和今年剛上小學的獨生子武夫玩耍。

重吉通常是和阿鈴、武夫一起圍著矮餐桌吃飯，他們吃飯時是很熱鬧，但最近「熱鬧」中，卻夾雜有些微的拘束，那是因爲來了一位專門看護玄鶴的特別護士叫「甲野小姐」的。武夫是即使「甲野小姐」在場，也絲毫不改他平常的嬉鬧，有時反會因「甲野小姐」在一旁，而笑鬧得更起勁，阿鈴有時皺著眉頭睨看一下武夫，但是武夫卻故意裝作沒看到，而以非常誇張的動作大口大口地往嘴裡扒飯。重吉愛看小說等書籍，對於武夫的蹦跳歡叫，有時會覺得太過「男性」作風，而感到不悅，可大部分的時候，都只是笑笑，便默默地吃飯了。

「玄鶴山房」的夜是靜寂的。一早便要出門上學的武夫當然不用說，就是重吉夫婦也大多十點鐘即就寢。其餘沒有睡覺的，只是從九時前後開始徹夜看護的甲野護士一人而已。甲野在玄鶴枕邊抱著炭火紅通通的火缽，毫不睏倦地坐著。玄鶴——玄鶴偶爾也會醒來，但除了說「水涼了」或「濕布乾了」之外，其餘時候幾乎不開口說話，傳到這間「副房」來的聲響，只有風吹過竹叢的搖動聲。甲野在微寒的靜寂中，定睛地看護玄鶴，並想著各種事情，她想著這一家人的心境和自己將來的路途等……

3

一個雪後初晴的下午，有一個二十四、五歲的女人，牽著一個細瘦男孩的手，來到透過天窗可看到藍天的嶇越家的廚房。重吉此刻當然不在家，正在操作縫紉機的阿鈴，心中多少已有點底，卻仍然感到為難。但無論如何總得迎接客人，她於是離開長火缽前，走了出去。客人走進廚房之後，隨將自己及男孩的鞋子擺整齊（男孩是穿著白色毛衣），她的自卑感，由此一小動作可明顯窺知。那也難怪，因為她是五、六年前，玄鶴在東京近郊公然蓄養的女傭阿芳。

阿鈴看到阿芳時，感到她是意外的蒼老，而且不僅僅是臉，阿芳四、五年前圓胖的手，如今已瘦得幾乎可以看到靜脈，還有她身上穿戴的飾物——阿鈴在她廉價的戒指上，感到某種世間的寂涼。

「這是家兄說要送給老爺的。」

阿芳好像愈來愈膽怯，在進入飯廳之前，將一包舊報紙的包裹，悄悄地放在廚房的一角。正在洗東西的阿松，一邊忙個不停，一邊時時地睨眼偷看梳著髮髻的阿芳，當她一看到那包舊報紙包裹時，更顯出不懷好心眼的表情，實際上，那包裹也的確散放出與文化灶和華麗小餐具不甚調和的怪臭味來。阿芳雖沒看到阿松的表情，至少已察覺出阿鈴臉色的變化，於是即刻說明：「這是、這是、大蒜。」然後向咬著手指頭的男孩說：「來，少爺，問個好吧！」這男孩就是玄鶴與阿芳所生的文太郎。聽到阿芳叫這小孩「少爺」的阿鈴，心中生出同情之心，但是她的常識又立即告訴她，那對於這種女人也是無可奈何的事。阿鈴裝做若無其事的模樣，請她們在飯廳坐下，並爲她們母子倒茶，拿現成的糖果招待她們，接著開始談玄鶴的病情，或逗逗文太郎……

玄鶴自從蓄養阿芳之後，即不辭搭乘省線電車的勞苦，每週必定兩次去妾宅。阿鈴對於父親這種心境，一開始非常厭惡，不知想過多少次——「總得考慮考慮母親的立場吧！」倒是阿鳥，反像是對於任何事都已死心一般，正因爲如此，便讓阿鈴同情母親，每當父親去妾宅之後，便假裝毫不知情地對母親說謊：「今天去開詩會了」，她自己也知道這謊言騙不了母親，但偶爾看到母親近於冷笑的表情時，便後悔自己編的謊——對於癱瘓的母親之不能體會自己的用心良苦，比自己撒謊更感到失望。

阿鈴送走父親後，因想著家裡的事，而幾度停下操作縫紉機的手。其實在玄鶴蓄阿芳之前，對她而言，他也不是個「好父親」，但是對於脾氣溫和的她當然是無所謂的，她所掛心的是父親將書畫骨董一件件地往妾宅搬，阿鈴在阿芳當女傭時，就不認爲她是壞人，不，她覺得阿芳是個比一般人都怯懦的女人，倒是阿芳住在東京近郊賣魚的哥哥，心裡懷有什麼鬼胎就不得而知了。實際上，在她看來，他是一個奇怪而狡猾的男人。阿鈴時常抓著重吉，表明她心中的憂慮，然而，他卻不理睬她，「絕對不能由我向父親說呀！」——阿鈴被他這麼一說，也只好沈默下來，別無他徑可尋。

「父親絕不會以爲阿芳懂得欣賞羅兩峯❷的畫。」

重吉偶爾也會委婉地對阿鳥說這樣的話，但，阿鳥仰望著重吉，總只是苦笑地說：

「那就是你父親的性情，他甚至會對我說：『這硯怎麼樣啊？』反正他就是那種人。」

這件事如今看來，對每個人都是多慮了。玄鶴今年入冬以來，由於病情突然加重，因而不能再去妾宅，而阿芳竟然也老老實實地接受重吉所提出的分手條件（事實上，這些條件是阿鳥和阿鈴所編造出來的），而且阿鈴深怕的阿芳哥哥也答應了。那條件是阿芳接受一千圓的贍養費，回到上總某海岸的雙親家，並每個月寄若干錢去給文太郎當養育費，——這些條件他哥哥都毫無異議地接受，而且將置於妾宅，玄鶴所珍藏的茶具等，不待催促即自動搬了回來，阿鈴由於以前懷疑過他，如今更對他產生一種好感。

「還有一點，如果老爺家缺少人手，我妹妹她願意過來幫忙照顧病人。」

阿鈴答應這請求之前，曾先和癱瘓的母親商量過。那的確可說是她的失策，因爲阿鳥一聽到這話，便說要阿芳和文太郎明天就來。阿鈴除了擔心母親的心境之外，也深恐擾亂整個家的氣氛，幾次叫母親再考慮考慮。（她因居在父親玄鶴和阿芳哥哥的中間立場，於不自覺中陷進無法斷然拒絕對方請求的心境上。）但阿鳥無論如何也不願意採納她的勸言。

「這件事在我未聽到之前，那就另當別論，但是——在阿芳的面前實是不好意思啊！」

阿鈴不得已只好答應阿芳的哥哥讓阿芳來，那或許又是不經世事的她的失策吧！事實上，重吉從銀行回來，自阿鈴口中知道這消息時，也蹙起女人般的秀氣眉宇，露出不愉快的表情說道：「人手增多的確是好事，但……也應該照會一下父親的，如果父親拒絕，你不就沒有責任了！」——阿鈴較平日爲鬱悶地回答說：「是啊！」可是和玄鶴商量——亦即和仍對阿芳戀戀不捨之瀕死的父親商量，這件事即便是今天的她，也絕對辦不到。

……阿鈴在和阿芳母子談話時，回想到這些曲折。阿芳並沒伸手到長火缽上取暖，斷斷續續地談著她哥哥和文太郎的事，她的話仍像四、五年前一樣，未改其鄉下的口音，心情於不知不覺中放鬆下來，同時，也對屏風後，毫不吭聲的母親，感到莫名其妙的不安。

「那麼，大約可以留下一個星期吧？」

「是，只要老爺方便！」

「但是，總得要有換洗的衣服吧？」

「我哥哥晚上會幫我送來。」

阿芳這樣說著，一面從懷裡拿出牛奶糖給無所事事的文太郎。

---

❷ **羅兩峯**：（一七三三～一七九九）中國清朝的畫家，名聘，字遯夫，號兩峯、花之。是為寺僧。擅長畫山川、人物、花竹。

「那就對父親這樣說吧！父親也眞是太衰弱了，面向拉門那邊的耳朵都已凍傷了。」

阿鈴離開長火鉢之前，無意間碰了一下鐵水壺。

「母親！」

阿鳥應了一聲，那似乎是剛被阿鈴叫醒的粘滯氣息。

「母親！阿芳來了！」

阿鈴鬆了一口氣，爲了避開阿芳，火速地從火鉢前站起來，通過隔壁房間，又說了一聲：「阿芳來了！」阿鳥躺在床上，被子蓋到了嘴唇邊，但，她一看到阿鈴時，眼中浮出微笑的表情，回答說：「啊！啊！這麼快啊！」阿鈴清楚地感覺到阿芳跟著她背後來，於是，慌忙地走過面對積雪庭院的走廊，去到「副房」。

剛從明亮的走廊突然走過來的阿鈴，感覺「副房」比實際上更暗。此時，玄鶴剛好坐起來，聽甲野讀著報紙，可一看到阿鈴，即冷不防地說：「阿芳嗎？」那是非常迫切而近乎詰問的語氣。阿鈴站在屏風邊，反射性地回答：「是的。」然後——誰都不曾開口。

「趕快叫她來！」

「嗯！……阿芳一個人嗎？」

「不！……」

玄鶴默然點頭。

「甲野小姐，請出來一下。」

阿鈴走在甲野之前，迅速地走向走廊，此時，積有雪片的棕櫚葉上，正好有一隻翹著尾巴的鵲鴿，只是，這時的阿鈴，對牠毫不感興奮，只感覺從臭味沖天的「副房」中，彷彿會有什麼可怕的東西跟出來似的。

4

阿芳住下來之後，整個家的氣氛都籠罩在險惡之中，這種險惡氣氛是開始於武夫的欺負文太郎。長得不像父親玄鶴而像母親阿芳的文太郎，連怯懦的個性也像阿芳，阿鈴當然不是不同情這種孩子，但偶爾也會認爲文太郎實在太沒志氣了。

護士甲野由於職業關係，只是冷冷地觀看這齣並不稀奇的家庭悲劇——其實倒不如說是享受它。她的過去是不快樂的，因爲和病家主人或醫院醫生的關係，使她不知有多少次想吞下一塊氰酸鉀。這種過去，使她的心裡於不知不覺中養成享受他人苦痛的病態情趣。她到堀越家來時，發現癱瘓的阿鳥每次大便都沒有洗手，「這家的媳婦眞是機靈，似乎爲了避免讓我們注意到，而悄悄地端水去。」——這事一時之間也在她疑慮凝重的心裡留下一道影子，但來了四、五天之後，發現那全然是小姐出身之阿鈴疏忽。她對於這種發現具有某種滿足的感覺，因而每當阿鳥大便時，便端一盆水給她洗手。

「甲野小姐，多謝妳的照顧，使得我也能像別人一樣洗手了。」

阿鳥合掌留下淚來，甲野對於阿鳥的喜悅毫不動心，反而因阿鈴從此以後三次中總有一次不得不端水去，而感到非常愉快。因此對於這樣的她，孩子們的吵架不會是不悅的事。她在玄鶴面前，表現出好像很同情阿芳母子的模樣，同時又在阿鳥面前，表示好像很討厭阿芳母子的態度。這種作法的影響雖然徐緩，但效果確實是顯著的。

阿芳住了大約一個星期之後，武夫又和文太郎吵架，他們之所以吵架，是由於爭論豬的尾巴比牛的尾巴粗或細而開始的。武夫在他書房的一隅——鄰近門邊具有四張榻榻米之房間的一隅——將文太郎壓倒在地，兇狠地踢打了他一番，此時阿芳剛好來到書房，抱起不敢出聲的文太郎，並責備武夫說：

「少爺，可不要欺侮弱者啊！」

這對於怯懦的她，乃是很少有的潑辣話。武夫被阿芳的氣勢給嚇到了，於是一邊哭，一邊逃到阿鈴所在的飯廳去，這時，阿鈴似乎也很氣憤，停下手邊的縫紉機工作，硬把武夫拉到阿芳母子面前。

「你的確是太任性了，來，來向阿芳謝罪，好好地給我謝罪！」

阿芳見此情景，只好和文太郎一起流著眼淚，一再地道歉又道歉。此時出來勸和的一定是護士甲野。甲野盡力推回面紅耳赤的阿鈴，一面地想像另一個人——一聲不響聽著這場騷鬧之玄鶴的心情，內心不由得浮上冷笑，當然，她這種情境是絕不會顯露於色的。

然而，令全家不安的，並不僅是孩子的吵架而已。阿芳也於不知不覺中，煽起了彷彿已放棄一切之阿鳥的嫉妒，但阿鳥卻一次也不曾說過埋怨阿芳的話，（這與五、六年前，阿芳尚起居於女傭房間時的情形相同。）只是動不動就對全然無關係的重吉發脾氣，重吉當然是不理睬，倒是阿鈴覺得可憐，時時代替母親向他道歉，但他只是苦笑著說：「可別連你也變得歇斯底里，否則可就麻煩了！」經常如此地將話題岔開。

甲野對阿鳥的嫉妒也感到興趣勃勃，阿鳥的嫉妒是自勿待言，就連阿鳥對重吉發脾氣這回事，她也知道的清清楚楚。除此之外，她甚且也於不知不覺中嫉妒著重吉夫婦。阿鈴對她而言是一個「大小姐」，而重吉——重吉無論如何的確是一般世間的標準男人，卻也是她所輕蔑的一隻雄性動物。他們這種幸福，對甲野而言幾乎是不正常的。她為了矯正不正常，而對重吉表示非常親密的態度，這在重吉看來，或許並無所謂，卻是讓阿鳥焦躁的絕好機會，阿鳥有一次把膝蓋給露在被子外，狠狠地對重吉說：「重吉，你對我的女兒——我這癱瘓者的女兒還不夠滿意嗎？」

可是阿鈴似乎並不因此而懷疑重吉，不，似乎反而同情著甲野。甲野不只對她這種表現感到不滿，也因此更加輕蔑善良的阿鈴，不知何時，重吉也開始迴避著她，這令她相當愉快。而且迴避的結果，反而使重吉更對她抱持男性的好奇心，過去即使甲野在場，重吉也從不在意裸著身體走進廚房旁的浴室，然而，最近卻不再有這種情形出現在甲野的面前，那一定是他認為自己的身體就像褪去羽毛的雄雞一般，而感到羞恥的緣故。甲野看著這樣的他（他臉上有許多雀斑），私下地嘲笑他到底想打算被阿鈴以外的誰傾慕。

一個降霜的陰暗早上，甲野照常坐在她那間鋪有三張榻榻米大的房間裡，對著鏡子將頭髮梳理成髮髻，那剛好是阿芳要回鄉下的前一天。阿芳要回家去，重吉夫婦似乎非常歡喜，倒是阿鳥似乎顯得更為焦躁。甲野梳著頭髮時，聽到阿鳥尖銳的叫聲，無意間想起她朋友告訴她的關於某女人的故事來。那個女人住在巴黎的期間，漸漸感染強烈的思鄉病，幸好丈夫的朋友要回國，於是決定一起搭船回國，漫長的航海行程她似乎不引以為苦，但是船開到紀州附近時，她不知爲何突然激動起來，最後卻跳海自殺。眞是所謂近鄉情怯，愈是接近日本，思鄉之病也就愈激昂——甲野靜靜地擦拭沾了髮油的手，心想癱瘓之阿鳥的嫉妒是理所當然，就是她自己的嫉妒，也有這種神祕的力量在推動。

「啊！母親！妳怎麼啦？怎麼爬到這裡來了，母親啊——甲野小姐，請過來一下！」

阿鈴的聲音好像是從接近「副房」的走廊傳來的。甲野聽到這聲音時，面對著鏡子，冷冷地嗤笑一下，才猶如驚醒般地回答：「我來了！」

5

玄鶴漸漸地衰弱下去了，他長年的病痛自勿待言，還有他從背部到腰際的褥瘡，也劇烈地發出疼痛。他經常以呻吟聲來發洩一些苦痛，但讓他苦惱的並不只是肉體上的痛苦。阿芳留下來的期間，的確給予他一些慰藉，但阿鳥的嫉妒與孩子的吵架，亦讓他承受不斷的痛苦，然而這些都還算是小事，阿芳離去之後，玄鶴感到可怕的孤獨，且不得不面對漫長的一生了。

玄鶴的一生，對於這樣的他，無非是乏味的一生。獲得橡皮印專利那段短暫的時光——以打牌、喝酒度日的短暫時光，的確是他一生中比較開朗愉快的時期，但是同儕之間的嫉妒及唯恐喪失專利的他本身的焦躁，也不斷地苦惱著他。更何況是蓄養阿芳之後——除了家庭的糾紛，還有他們不知情的金錢調度方面，亦讓他長期背負著沈重的負擔。而且更卑鄙的是，他雖然愛慕阿芳，這一、二年內，內心卻也不知幾度希望阿芳母子們死去。

「卑鄙？──但是想想，也不是只有我一個人這樣。」

他在夜晚時分如此地想著，並細細地回想他的親戚及友人們的事。他女婿的父親只爲了「擁護憲政」，駁倒了好幾個政治手腕比他差的敵人，還有一個與他最親密的年長古董商與他前妻的女兒通姦，也有個律師侵吞了別人的委託金，此外，還有篆刻家……很奇怪的，他們的犯罪行爲，竟絲毫不減他的痛苦，而且反而給生存的本身，更擴大了心中的暗影。

「什麼，這痛也不久了，只要一死就……」

這是玄鶴繼續生存的唯一慰藉。他爲了忘懷身心受蝕的苦痛，於是努力試想快樂的事情。然而，他的一生正如前述的卑鄙的。如果其中還有一點快樂光明的話，那就是不識愁滋味的童年記憶。他經常夢見他與雙親一起居住的信州某山峽的村落──尤其是壓有石板的木板屋頂和具有蝨臭味的桑樹，這些記憶都是斷斷續續，因此，有時於呻吟之間他會唸唸觀音經，或唱著昔日的流行歌曲，唸完「妙音觀音、梵音海觀音、勝彼世觀音」之後，又想到童年……「加油吧！加油吧！」好像很滑稽的又跳又唱，令他份外感傷！

「睡覺就是極樂，睡覺就是極樂……」

玄鶴爲了忘記一切，希望能夠永遠地沉睡下去，而甲野除了給他吃安眠藥之外，還給他注射海洛英，儘管如此，他仍無法安穩的沉睡，他經常在夢中看到阿芳和文太郎，那對於他──夢中的他，是件相當快樂的事。某夜，他夢見和新的「花札」（編按．日本特有的賭博紙牌，牌以花爲標誌，並有數目字）裏的「櫻花二十」談話……不久，「櫻花二十」變成四、五年前阿芳的臉孔，這情形使他醒來後懷有無限的追思與悵然！──此後，玄鶴在不自覺中對睡眠產生了一種十分畏懼的不安感覺……

將近除夕的一個下午，玄鶴仰臥病床，向枕畔的甲野說：

「甲野小姐，我啊！很久沒有繫兜襠布了，麻煩你去買六尺漂白布來吧！」

家裡就有漂白布，不需要刻意到附近的布行去買。

「我自己會繫兜襠布，只要疊在這兒就行了。」玄鶴藉此兜襠布——想藉此兜襠布上吊自殺而勉勉強強地度過短暫的半日，但是從床上坐起都得借助於他人的他，並不容易找到上吊的機會，而且一旦到死此一最後關頭，玄鶴仍不免害怕，他在昏黃的燈光下，望著黃檗的一行字畫❸，嘲笑事到如今依然貪生怕死的自己。

「甲野小姐，請扶我起來一下。」

此時已是夜晚十時左右。

「我，現在想稍微睡一下，你就不必客氣，去休息吧！」

甲野納悶地看著玄鶴，然後冷漠地回答：

「不，我不睡，這是我份內的工作。」

玄鶴覺得自己的計畫已被甲野視破，只好點了點頭，便什麼話也不說地假裝睡著了。甲野坐在他的枕邊，翻閱婦女雜誌的新年專刊，似乎很專心地閱讀者。玄鶴依然想著被窩旁的兜襠布，並瞇著眼睛偷看甲野，此時……他突然覺得很可笑。

「甲野小姐！」

沉著的甲野看到玄鶴的臉時，似乎也被嚇了一大跳。玄鶴靠在棉被上，不斷地笑著。

「有什麼事嗎？」

「不！沒事，沒什麼可笑的事。——」

玄鶴依然笑個不停，向甲野揮著細瘦的右手。

「不知爲何……我現在覺得如此可笑……請幫我躺下來吧！」

大約一個小時過後，玄鶴不知不覺地睡著了。

那晚他又做了很恐怖的夢，他站在茂密的樹林中，從高腳拉門的隙縫窺看沈悶的茶室，那裏有一個裸體的小孩，面向門躺著，雖說他是個小孩，卻像老人一樣滿臉的皺紋。玄鶴想大聲喊出來，卻嚇得全身冒冷汗而醒了過來……

「副房」裡沒有任何人在，而且仍是一片黑暗，仍是？——玄鶴看一看手錶，知道已經快中午了，他的心頓時放鬆，感覺輕鬆愉快，但是卻又馬上像平日一樣，突然憂鬱起來。他仰臥著，數著自己的呼吸次數，他的心情宛如被什麼東西催促著似的說：「就是現在，」玄鶴輕輕地把兜襠布拉過來，纏在他的頭上，兩手用力地拉扯……

此時穿得圓鼓鼓的武夫恰巧來到房裡。

「唉呀！爺爺做那種事啊！」

武夫大聲叫喊著，一溜煙地跑到飯廳去。

---

❸ **黃檗的一行字畫**：指黃檗派的一行軸畫。禪宗之一的黃檗宗，以建立黃檗山萬福寺的隱元禪師為首，僧侶們多擅於繪畫，給予江戶時代的書畫界帶來很大的影響。

6

約莫一星期之後，全家人圍在已因肺結核而喪命之玄鶴的四周哀思，他的葬禮辦得極為盛大（！）（只有癱瘓的阿鳥未能參加），聚集到他家的人都先向重吉夫婦安慰追述悼詞，接著在蓋著白色綾布的靈柩前燒香，但這些人大都一走出他家門後，就已忘掉玄鶴這個人，只有他的老朋友例外，其他的人都只是說著一樣的話：「那個老爺子也該滿足了，又有年輕的妻妾，又有蓄錢？」

載放靈柩的葬用馬車後面跟隨有一輛馬車，走在沒有陽光的臘月街道上，向火葬場前進。坐在後面稍嫌骯髒之馬車上的是重吉和他的堂弟，他的堂弟是一個大學生，儘管馬車搖晃得非常厲害，他還是專心地讀著一本袖珍書籍，而沒有和重吉說話，那是Liebknecht著的《追憶錄》❹的英譯本，至於重吉不是因徹夜守著靈而疲累地打瞌睡，就是望著窗外新開闢的街道，偶爾自言自語地說：「這一帶也完全改變了」等這一類話。

二輛馬車蹣跚地走在正在溶化的霜道上，好不容易來到了火葬場。然而，儘管事前已先用電話聯絡過，一來到此，辦事員依然說一等灶已經額滿，只剩下二等的了，這事對於辦事員是無關緊要，但重吉由於顧慮阿鈴的想法，跑到半月型的窗口積極地和辦事員交涉。

「說實在的，我們由於延誤請醫生來替病人看病的時間，因此想火葬時至少得用一等灶。」——重吉說著謊話，而這謊話似乎比他預期的更具效果。

「那麼這樣吧！一等已經額滿，我們就特別優待你們，仍收一等的費用，而讓你們用特等的來燒吧！」

重吉覺得有點不好意思，一再地向辦事員道謝，辦事員是個戴黃銅眼鏡顯得很慈祥和藹的老人。「不，不必道謝了。」

他們在灶上封印之後，正要搭著那輛不甚乾淨的馬車，走出火葬場的大門，此時，意外地發現阿芳一個人站在磚牆前，注視著他們的馬車。重吉有點驚惶失措，想舉起他的帽子，但是搭載他們的馬車，此時已搖搖晃晃地奔馳在滿是枯葉的楊樹道上。

「就是那個女人嗎？」

「嗯……我們來時她也在那裡嗎？」

「啊！簡直像個乞丐呀！……她今後該怎麼辦呢？」

重吉點起一根香煙，盡可能冷淡地回答：

「啊！不知會變成什麼樣子？……」

他的堂弟沈默不語，卻想像著上總某個海岸漁村，然後想像著不得不住在那個漁村的阿芳母子。——突然他露出兇怒的神情，在不知不覺間已出現的陽光下，再次讀起Liebknecht來了。

---

❹ **Liebknecht的「追憶錄」**：Wilhelm Liebknecht（一八二六～一九〇〇）德國社會主義者，馬克斯的弟子，德國社會民主黨的創立者。「回憶錄」是他的回憶，記載馬克斯等事。此處是指玄鶴山房外之世界的新動向。

芥川龍之介的作品背景簡介

《羅生門》取材於古代典藉《今昔物語》，故事是說平安朝時代的京都，因連年天災而蕭條，連昔日香火鼎盛的古剎羅生門，也淪爲狐鼠腐屍的巢穴。某日黃昏，失業僕人在廊下避雨，因走投無路而登上羅生門，打算暫棲一宿。意外發現一個老太婆正在拔死人頭髮。僕人乃奪老嫗之衣物，揚長而去。

在僕人心中，有兩種對立的勇氣，一是憎恨罪惡，一是不畏罪惡。芥川巧妙地運用，「在斑剝的大圓柱上停著一隻蟋蟀」。「在僕人的紅臉上長著大顆發膿的面皰」這類的暗喻手法，傳神勾勒出人性心理的黑暗面。當僕人以「不這樣做，我也會餓死」的理由，打劫老嫗時，很明顯的，僕人已經完成了心理的衝突和掙扎，並且藉老太婆之口，爲自己找到壓制道德勇氣的理由。

《竹林中》一文，即電影「羅生門」的藍本。黑澤明導演爲什麼張冠李戴，把這篇小說改編成電影，卻用了另一篇小說「羅生門」的名字，我們不得而知。不過，看過電影的讀者，可以回味一下電影，並與原著對照，比較文學藝術與電影特質的差異性。

細心的讀者會發現，明明是同一事件，爲什麼由強盜的口中和死者的口中，所講的話完全不一樣？甚至於每個人的言詞都是相互衝突、矛盾的。於是，形成撲朔迷離的局面，性急的讀者，大概要問，到底是怎麼回事呢？這就是芥川高明之處。作者故意採用多重敘述觀點，讓讀者如同刑警辦案似的，獲得片片斷斷的資料，眞眞假假、虛虛實實的自白。其目的，一則是展現紛亂的事實，二則是避免讀者落入一般「看故事」的窠臼，而注意到人類心靈中「陽光照射不到的角落」，事實上，這也是作者著墨最力的地方，期待聰明的讀者諸君，在追尋事情眞相的同時，不要忽略了芥川的苦心。

《龍》是饒富趣味的寓言。大鼻子和尚爲了轉移大家對他鼻子的注意，惡作劇地豎立告示牌，說三月三日，將有龍昇天。不料，弄到最後，連他這個始作俑者的造謠人，都分不清謠言究竟是眞是假。芥川詳細地刻畫說謊者的心理變化，並伺機對古代傳說，提出合理的解釋。當然也是對社會迷信民風的一種諷刺（或攻擊）。

《鼻》是頗受夏目漱石讚賞的作品，敘述大鼻子法師因爲異於常人的鼻子而飽受嘲弄。他苦心求醫的結果，終於恢復正常。誰知，人們是以他人的不幸爲樂的，恢復正常的法師，反而招致新的嘲弄。就在「被他人同情的不幸」與「被他人嫌惡的幸福」兩種人性弱點間徘徊，心理的變化起起落落，相當傳神地描繪出人性的悲哀。結語一句：「長鼻子晃蕩在黎明的秋風中」尤其高明，餘韻嫋嫋不絕。芥川躍登文壇，這一篇作品居功厥偉。

《地獄變》也是融古鑄今的歷史小說，以畫師良秀奉命完成「地獄變相圖」爲經，再以良秀之女的遭遇爲緯，織就一幅金碧輝煌太平盛世的浮世繪。大殿王的奢華殘忍不言自明。他向良秀之女求歡不成，竟將她綁在牛車上縱火焚燒，活活受苦至死。而畫師良秀爲求傳眞，忠於藝術，不惜設計許多圈套，讓徒弟扮演地獄中受貓頭鷹撲殺、受鐵鍊絞頸的苦狀，他再來親自臨摹。最後，他爲了畫受烈火焚身的女人，竟向大殿王請求製造火景的心願。等他親眼目睹焰火熊熊，女人痛苦掙扎的慘烈場面，才赫然發現，被烈火焚燒的，不是別人，是他最鍾愛的獨生女——芥川不僅是講故事，同時也入木三分地刻畫藝術與權勢的抗爭——

「那時，良秀所散發出非凡的光采，好像夢中看見的獅王的怒吼聲，既莊嚴又肅穆。他聚精會神一筆一筆地繪出眼前的情景，彷彿除了繪畫以外，什麼都不存在。」

「衆人的眼神，好像在觀看『開眼佛』一般地注視良秀。」

「在那之中，只有一個人，是大殿王，簡直就像換了一個人似的，臉色蒼白、口吐泡沫，指甲變紫地兩手緊抓著膝蓋，就像是口渴的野獸喘息一般。」

「地獄變」屛風完成後，當天良秀即自殺了。他的自殺不僅是向權勢抗議，也是確保他的勝利，蘊涵複雜的意義，隱隱中透露芥川「藝術至上」的思維。

《大導寺信輔的半生》和《某阿呆的一生》，都是自傳性作品，以白描手法，清楚展現芥川的內心世界。欲瞭解芥川的心靈，這兩篇作品是重要的指標。「他環顧人生，並沒有特別的需求，唯有這紫色的火花——唯有這淒麗的空中火花，即使犧牲生命也想要捕捉的火花。」明白點出芥川一生。

《河童》是一篇有趣新奇的寓言故事。芥川對現實的諸多諷刺，對子虛烏有的「河童國」的豐富想像力，在在令人歎服。事實上，這篇寓言故事充滿對這個社會的關愛，是一篇值得讀者細細品嚐的佳作。

《齒輪》是屬於「沒有故事的小說」。透過作者散文形式的喃喃自語，去感受神經顫慄的感覺。

《海市蜃樓》淡淡地敘述夏天生活的片斷。依稀可感覺芥川敏感衰弱的精神狀態。

《玄鶴山房》由垂死病人掘越玄鶴爲引，描摹平常的家庭生活和生老病死的瑣事。作者並不刻意強調衝突性、戲劇性，盡量用平淡的口吻敘述，給人一種內斂縹緲的韻味。尤其是對於心理異常的護士甲野，有極精密的分析。久病的玄鶴，想自縊來結束孤獨寂寞和病痛的折磨，卻連自殺的能力也喪失了。這恐怕是最悲哀的事了。末了，在火葬場，用疏遠的堂弟大學生讀Liebknecht的《回憶錄》作結束，首尾呼應，留給讀者無限的思考空間。

國家圖書館出版品預行編目資料

羅生門／芥川龍之介／著
-- 修訂一版-- 新北市：新潮社，2018.12
面； 公分
ISBN 978-986-316-730-3（平裝）

861.57 107017465

羅生門

芥川龍之介／著

【策 劃】林郁
【出版人】翁天培
【企 劃】天蠍座文創
【出 版】新潮社文化事業有限公司
電話：(02) 8666-5711
傳真：(02) 8666-5833
E-mail：service@xcsbook.com.tw

【總經銷】創智文化有限公司
新北市土城區忠承路89號6F（永寧科技園區）
電話：(02) 2268-3489
傳真：(02) 2269-6560

印前作業 東豪印刷事業有限公司

修訂一版 2018年12月